Annabel Herkströter

Tragisch bis heiter

AF282354

Annabel Herkströter

Tragisch bis heiter

Erzählungen

Bibliografische Information der Deutschen Nationalbibliothek:
Die Deutsche Nationalbibliothek verzeichnet diese Publikation
in der Deutschen Nationalbibliografie; detaillierte bibliografische Daten sind im Internet über http://dnb.dnb.de abrufbar.

Lektorat: Oliver Behrens

Verlag: BoD · Books on Demand GmbH, In de Tarpen 42,
22848 Norderstedt

Druck: Libri Plureos GmbH, Friedensallee 273, 22763 Hamburg

ISBN: 978-3-7693-0031-4

Annabel Herkströter wurde 1995 in Südtirol geboren. Nach der Matura studierte sie Vergleichende Literaturwissenschaft an der Universität Innsbruck. Sie war u. a. in Bibliotheken sowie in einem Bergführerbüro tätig. Seit ihrer Kindheit widmet sie sich mit großer Hingabe dem Schreiben von Geschichten. Beiträge von ihr erschienen im „Komplex Kulturmagazin" (Innsbruck) sowie in der St. Pöltener Literaturzeitschrift „etcetera".

Für Mama, Papa
und Senta

Inhalt

I

Alte Freundinnen

„Seine Zeit war noch nicht da. Es ist wider die Natur geschehen."

„Aber er ist gestorben, Mathilde. Niemand hätte das verhindern können."

„Woher willst du das wissen?"

„Es werden eben nicht alle achtzig. Oder siebzig."

„Warst du denn dabei, als es passiert ist? Wer kann uns versichern, dass sie ihm nicht einfach den Saft abgedreht haben?"

„Mathilde, das ist doch absurd. Die Ärzte sind da, um Leben zu retten."

„Ha! Die sind doch froh, wenn sie einen Fall weniger haben. Hörst du denn nie Nachrichten? Wegen diesem seltsamen Corona-Virus werden mittlerweile Prioritäten gesetzt ..."

„Das war schon immer so, wenn es in den Krankenhäusern eng wurde."

„So etwas wie jetzt gab es noch nie!"

„Dafür viel Schlimmeres. Wenn es noch die Pest gäbe, oder Typhus ... Dann säßen wir jetzt nicht gemütlich im Café."

„Dass Patienten regelrecht aussortiert werden

– viel schlimmer geht es meiner Meinung nach nicht!"

„Ich finde es auch total erschütternd, dass Bernhard so früh von uns gegangen ist, aber ..."

„Bernhard ist nicht fort."

„Natürlich, er lebt in deinem Herzen weiter, Mathilde, aber ..."

„Bernhard ist nicht fort!"

Gudrun sah Mathilde an, sie versuchte, deren Bemerkung zu deuten. Dass sie Bernhard weiterhin in ihrem Herzen trug, war ja offenbar nicht die richtige Interpretation gewesen.

Mathilde beugte sich weit über den Cafétisch und sah Gudrun mehr als eindringlich in die Augen. „Er ist noch bei mir. Ich spüre es. Seine Zeit war noch nicht reif!" Sie nickte langsam mit weit aufgerissenen Augen und zusammengepressten Lippen, um den gezischten Worten Nachdruck zu verleihen.

Was sollte man darauf sagen? Obwohl Gudrun das, was ihre Freundin gerade von sich gegeben hatte, für völligen Unfug hielt, durchschüttelte es sie heftig in zwei aufeinanderfolgenden Wellen. Mathilde meinte es ernst. Und dies musste Gudrun erst einmal verdauen. Es kam bestimmt vor, dass der Tod eines geliebten Menschen jemanden derart mitnahm, dass der Betroffene für eine Zeit lang seinen Realitätssinn verlor oder sich an eine tröstende Vorstellung klammerte ...

„Seine Seele findet keine Ruhe."

„Mathilde ..."

„Sieh mich nicht so an!"

„Ich verstehe dich ja – "

„Nein, tust du nicht! Bernhard ist bei mir. Ich höre ihn. Er findet keine Ruhe. Seine Seele weiß, dass seine Zeit noch nicht gekommen war, als es passierte. Die andere Welt ist für sie noch verschlossen."

Gudrun rührte aus Verlegenheit in ihrer leeren Kaffeetasse. Was, wenn Mathilde bei ihrem nächsten Besuch wieder davon anfinge? Sicher würde ihre Freundin sie, wie gewohnt, bald wieder zum Kaffeetrinken und Mühlespielen einladen. Sie hatte nämlich direkt nach Bernhards Beerdigung mit beschlagener Stimme und bei ihr untergehakt gefragt: „Güdrünchen, wir bleiben aber trotz allem unserer Tradition treu, nicht wahr?" „Natürlich, Mathilde", hatte Gudrun geantwortet. Was sollte sie also sagen, wenn es in Mathildes Haus irgendwo im Gebälk knackte und sie dann womöglich behauptete, das sei Bernhard, der, um die ewige Ruhe gebracht, auf dem Dachboden herumspuke? Obwohl Gudrun nicht abergläubisch war und es für sie so etwas wie ruhelose Seelen von Verstorbenen nicht gab, irgendetwas an Mathildes wahnwitziger Überzeugung fand sie beklemmend.

Noch zu Hause grübelte sie darüber nach. Sie kam zu dem Schluss, dass es ganz normal war, dass es sie beschäftigte, wenn es ihrer Freundin offensichtlich nicht gut ging. Außerdem hatte sie Bernhard gut gekannt. Mathilde und er waren das einzige Paar gewesen, bei dem sie sich als alleinstehende Frau wohlfühlen konnte und niemals das Gefühl hatte, überflüssig zu sein. Eifersucht in Bezug auf Gudrun war für Mathilde nie ein Thema gewesen, das hätte Gudrun sofort bemerkt. Oft genug war es ihr im Laufe ihres Lebens passiert, dass Ehepaare – insbesondere deren weiblicher Part – sie nach flüchtigem Kontakt schnell wieder loswerden wollten. Aber mit Mathilde und Bernhard hatte sie sogar in den Urlaub fahren können und es war immer entspannt gewesen. Sie kannte Mathilde, seit sie fünfundzwanzig war. Gudrun war immer die ruhige, in sich gekehrte der beiden Freundinnen gewesen, während Mathilde taff und impulsiv war. Genau, sie war taff und impulsiv ... Und sie war immer mit allen Sinnen anwesend. Nicht halb in der Vergangenheit, nicht halb in der Zukunft, sondern voll und ganz in der Gegenwart. Es gab bei ihr niemals etwas Uneindeutiges. Wie kam Mathilde also nun darauf, dass Bernhard auf irgendeine andere, nicht greifbare Art weiterhin anwesend war? Sicher, ein Todesfall konnte einen Menschen verändern ...

Bereits im Bett, überlegte Gudrun, wie sie reagieren würde, wenn Mathilde ihr beim nächsten Treffen wieder mit dieser Sache kam. Sie war Gudruns einzige Vertraute und wenn sie fortan weiter so sein würde wie heute im Café … Gudrun fror unter der Decke. Plötzlich wurde ihr bewusst, dass sie seit dem Tod ihrer Schwester vor drei Jahren allein in dem Haus wohnte …

Am nächsten Morgen waren die beunruhigenden Gedanken vom Vorabend in weite Ferne gerückt. Im Dunkeln erschien einem schließlich alles schwerer. Aber der neue Tag wollte gepflückt werden, die Sonne schien und die Luft, die Gudrun durch das Schlafzimmerfenster, welches sie gerade geöffnet hatte, entgegenströmte, fühlte sich angenehm mild an.

Sie würde den Garten schön herrichten. Gleich um die Ecke befand sich die Gärtnerei. Dort würde sie ein paar Tulpen holen. Rote. Oder gelbe. Auf jeden Fall etwas Fröhliches. Und so verging der Vormittag wie im Fluge. Um vierzehn Uhr klingelte das Handy – es war Mathilde. Gudrun freute sich. Wegen der Bemerkungen ihrer Freundin im Café machte sie sich keine großen Sorgen mehr. Sollte Mathilde wieder auf solche abwegigen Pfade geraten, würde sie sie sie liebevoll, aber bestimmt auf den Boden der Tatsachen zurückholen. Bernhards ruhelose Seele – das war lächerlich!

Auf dem Weg zu ihrer Freundin machte Gudrun kurz bei ihrer beider Lieblingskonditorei Halt und besorgte Kuchen.

Mathilde wartete schon im Garten. Auch sie schnippelte ein wenig hier und dort herum.

„Güdrünchen, lass dich drücken!"

Zweifellos ganz die Alte! Sie hatte ein farbiges T-Shirt an, was darauf hindeutete, dass sie wieder nach vorne blickte – beziehungsweise wieder ganz im Hier und Jetzt angekommen war.

„Ich habe schon mal den Kaffee aufgesetzt. Um draußen zu sitzen, ist es trotz des schönen Wetters noch zu frisch, glaube ich."

Sie gingen ins Haus und Mathilde wirbelte wie eh und je in ihrer Küche herum. Es tat gut, sie so zu sehen.

„Sag mal, was pflanzt du denn dieses Jahr in deinem Garten?"

Gudrun erging sich zunächst in Beschreibungen ihrer Vorhaben und so kamen sie von einem Thema zum nächsten.

Als sie schließlich über dem Mühlebrett brüteten, schepperte es in der Spüle. Die beiden zuckten zusammen und sahen sich kurz an.

Mathilde war an der Reihe mit dem nächsten Zug. Ihr Zeigefinger ruhte auf dem schwarzen Klötzchen. Nein, sie war mit den Gedanken nicht mehr beim Spiel, auch wenn sie mit den Augen das Brett fixierte.

„Ist doch alles okay", sagte Gudrun. „Das war nur das Geschirr im Spülbecken."

Mathilde nahm den Finger vom Klötzchen.

„Das Geschirr hat geklappert", begann sie, während sie Gudrun mit aufgerissenen Augen ansah. „Das Geschirr hat geklappert, weil sich

Bernhards Seele zu Wort melden will."

„Aber Mathilde, so etwas gibt es doch nicht."

„Oh doch! Du solltest mal erleben, was ich hier in letzter Zeit erlebt habe."

Sie richtete den Blick nach oben. Nichts mehr war da von ihrer vorherigen Fröhlichkeit.

Gegen ihren Willen musste auch Gudrun den Blick heben. Eine makellose Zimmerdecke.

„Spürst du es denn nicht?"

Gudrun spürte durchaus etwas, aber es war nicht Bernhards körperlose Anwesenheit. Es war Unbehagen angesichts dieser seltsamen Anwandlungen Mathildes.

„Nein, ich spüre nichts."

„Er ist hier! Mit uns in diesem Raum!"

Mathilde hatte sich über den Tisch gebeugt, wie gestern im Café. Ihr Gesichtsausdruck war derselbe, es fehlte nur noch das bedeutungsträchtige Kopfnicken. Was war nun mit Gudruns Vorsatz, ihre Freundin von diesen Hirngespinsten abzubringen? Es fiel ihr schlichtweg nichts ein, das sie erwidern könnte.

„Ich höre ihn immer, wenn ich alleine bin. ‚Bring es für mich zu Ende! Bring es für mich zu Ende', sagt er zu mir, wenn ich den Tisch abräume. ‚Bring es für mich zu Ende', raunt er mir ins Ohr, wenn ich wach im Bett liege."

„Mathilde, ich habe vollstes Verständnis dafür, dass das jetzt keine einfache Zeit für dich ist, aber ich denke nicht, dass es Bernhard ist, der dir etwas zuflüstert. Ich glaube, du bist einfach nur überreizt. Vielleicht solltest du für eine Weile in die Kur fahren."

„In die Kur!?"

„Oder dir einen Therapeuten suchen."

„Einen Therapeuten? Wobei soll mir denn ein Therapeut helfen? Bernhard will, dass ich dafür sorge, dass seine Seele endlich Ruhe findet. Nur ich kann das tun."

Gudrun wurde kalt. Wahrscheinlich vom langen Sitzen, denn sie konnte kein Wort von diesem Humbug glauben.

„Wie soll das denn, rein theoretisch, überhaupt gehen – es zu Ende zu bringen?"

Mathilde antwortete nicht, sondern blickte aus dem Fenster. Ihr Gesicht wirkte versteinert und furchig.

„Wollen wir vielleicht ein bisschen hinaus in den Garten und die letzten Sonnenstrahlen genießen?", schlug Gudrun vor, um die unerträgliche Stille zu durchbrechen.

„Ja, gehen wir hinaus."

In Mathildes Garten flatterten die Worte zwischen den beiden leicht und mühelos in der Abendluft – wie die bunten Stoffbänder ganz oben an dem geschnitzten Marterpfahl, der als Hingucker im Nachbargarten stand.

„Ruh dich gut aus", sagte Gudrun zum Abschied. „Wir hören uns."

Obwohl Gudrun fest entschlossen war, ihrer Freundin in der Trauerphase zur Seite zu stehen, brach ihr vor ihrem nächsten Besuch bei

Mathilde der kalte Schweiß aus. In der Zwischenzeit war diese einmal bei ihr gewesen und da war alles unauffällig verlaufen. Aber bei Mathilde im Haus ... dort erinnerte einfach alles an Bernhard. Wie wahrscheinlich war es also, dass ihre Anwandlungen heute ausblieben, während sie dort Mühle spielten und früher oder später irgendein Geräusch zu vernehmen sein würde? Wie auch immer, sie wusste ja, dass sich alles nur in Mathildes Kopf abspielte. Kein Grund, sich verrückt machen zu lassen.

Gudrun räumte ihr Wohnzimmer auf, da sie noch Zeit hatte, bis sie sich auf den Weg zu ihrer Freundin machen würde. Da lagen alte Reisemagazine auf einem Stapel, die würde sie gleich durchgehen und – wenn nicht doch noch eines dabei war, das sie unbedingt behalten wollte – komplett aussortieren. Die Themen waren Mallorca, Venedig, Sizilien, Berlin, Norwegen und vieles mehr. Nein, die Reiseziele waren alle schön. Sie würde sie einfach morgen in den Keller räumen.

Es fehlte nicht viel und Gudrun hätte das Kuchentablett fallen lassen, als sie sich Mathildes Haus zuwandte, nachdem sie das Gartentörchen hinter sich geschlossen hatte. Da schien sich jemand hinter dem Wohnzimmerfenster bewegt zu haben. An sich war dies ja nichts Ungewöhnliches, da Mathilde, wenn sie sich durch das Haus bewegte, durchaus in Fensternähe geraten konnte. Nur kam es Gudrun so vor – auch wenn das abwegig war –, als stammte die kurze Bewegung nicht von Mathilde. Irgendwie schien ihr die Gestalt massiver und größer zu sein ... Aber Gudrun hatte ja so gut wie nichts gesehen. Es hatte ebenso gut eine Spiegelung von irgendetwas weiter hinten, außerhalb des Gartens sein können.

„Güdrünchen! Komm rein in die gute Stube!"

Gudrun tat wie ihr geheißen und stellte das Kuchentablett bei ihrer Freundin auf die Anrichte.

„Ich habe heute Bienenstich und Erdbeerroulade mitgebracht. Hoffe, das ist okay."

„Aber sicher, Güdrünchen!"

Mathilde machte einen gut gelaunten Eindruck. Aber das hatte sie beim letzten Treffen in ihrem Haus auch gemacht.

„Ich ziehe mir nur eben noch was über", sagte sie und kramte in einer Ecke. „Heute ist so eine Feuchtigkeit in der Luft."

Das stimmte, aus dem Nebel löste sich in Abständen immer wieder ein feiner Nieselregen.

Gudrun zuckte beinahe zusammen, als Mathilde zum Tisch kam. Sie hatte eines von Bernhards Flanellhemden an. Nicht, dass daran per se etwas seltsam gewesen wäre – Mathilde hatte früher oft ein flauschiges Hemd übergezogen, wenn es draußen kühl und regnerisch war und sie es sich drinnen gemütlich machten. Doch jetzt hatte Gudrun Herzrasen. Fängst du jetzt auch noch an zu spinnen, schimpfte sie in Gedanken mit sich selbst. Sie wehrte sich mit aller Willenskraft dagegen, aber der Gedanke drängte sich ihr einfach auf: Vorhin, am Fenster, als sie auf das Haus zugegangen war – dort, wo die Spitzengardine aufhörte, also in dem freien Stück Glas unter deren Saum –, hatte sie für den Bruchteil einer Sekunde dieses Karomuster gesehen. Von dem Hemd, das Mathilde jetzt trug.

„Hattest du das Hemd nicht eben schon mal an?" Mathilde sah Gudrun überrascht an.

„Nein."

Der Nachmittag verlief ruhig und im Grunde entspannt. Dennoch konnte Gudrun nicht vor sich selber leugnen, dass sie die ganze Zeit irgendwie auf der Lauer lag. Ständig hatte sie das Gefühl, Mathilde würde gleich wieder von Bernhards wandernder Seele anfangen. Nichts dergleichen geschah und Gudrun fühlte sich fast schuldig, als sie sich gegen Abend von ihrer Freundin verabschiedete. Die Veränderung bei Mathilde ließ sie selber einsamer werden oder zumindest verstärkte sich ihr Einsamkeitserleben dadurch. Es war heute gar nichts Seltsames vorgefallen und trotzdem hatte Gudrun sich seit ihrer Beobachtung von Mathildes Garten aus nicht mehr richtig entspannen können. Ob Mathilde wohl etwas davon gemerkt hatte? Hoffentlich nicht. Sie wollte doch für sie da sein, ihr Kraft geben!

Wie immer holte Gudrun am nächsten Tag vor

dem Frühstück die Zeitung aus der dafür vorgesehenen Röhre. Am Küchentisch überflog sie die Schlagzeilen und löffelte zwischendurch ihr Müsli. Zunächst war ihr nicht richtig bewusst, dass ein Artikel ihre Aufmerksamkeit auf sich zog. Erst als sie merkte, dass sie bei allem, was sie danach las, abschweifte, blätterte sie noch einmal jene Seite auf und las genauer. Ein gewisser Dr. Neemer war während seiner Mittagspause in der Klinik aus unerfindlichen Gründen plötzlich gestorben. Herzkreislaufstillstand bei eigentlich tadelloser körperlicher Verfassung. Neemer, Neemer ... So hieß doch der Arzt, der bei Bernhard Untersuchungen durchgeführt hatte, nachdem der wegen des Schlaganfalls ins Krankenhaus eingeliefert worden war. Der Name war in Mathildes Schilderungen auf jeden Fall vorgekommen. Was hatte das zu bedeuten? Wieso brachte sie den Tod des Arztes mit Bernhard und dessen Schicksal in Verbindung? Gudrun schüttelte den Kopf und füllte ihre Müslischale noch mal, obwohl sie eigentlich gar keinen Hunger mehr hatte.

Mit Mathilde schien es in den nächsten Wochen allmählich wieder bergauf zu gehen. Es gab keine sonderbaren Bemerkungen mehr, sie konnten unbefangen über Bernhards Tod sprechen und Mathilde schien die Fähigkeit, auf normale Art zu trauern, wiedererlangt zu haben. Das Wetter war frühlingshaft warm und sie unternahmen manchmal Spaziergänge ins Grüne. Sie fütterten an einem Teich die Enten und amüsierten sich darüber, indem sie sich ironisch von dieser Tätigkeit distanzierten: Sieh an, nun sind wir richtige alte Tanten, die sich nur durch die uneingeschränkte Aufmerksamkeit eines Tieres sichtbar fühlen.

„Mathilde, ich freue mich, dass es dir wieder besser geht. Du siehst in letzter Zeit viel frischer aus."

„Nun", erwiderte Mathilde mit einem Gesichtsausdruck, den Gudrun nicht recht zu deuten wusste. „Ich habe es ja auch für Bernhard zu Ende gebracht. Er ruht jetzt in Frieden. Und ich habe wieder Frieden mit mir selbst geschlossen."

Gudrun fuhr zusammen. Sie spürte, dass Mathilde sie aus dem Augenwinkel musterte.

„Du hast auch die Zeitung gelesen, nicht?", fragte diese, die Augen zusammengekniffen.

„Ja ..." Gudrun kam sich albern vor, obwohl dieses Empfinden nicht mit ihrem Körperzustand übereinstimmte. In ihrem Magen breitete sich durch einen kräftigen Adrenalinstoß ein dumpfes Gefühl aus. Sie atmete tief ein und aus und sagte dann mit einigermaßen fester Stimme: „Hauptsache, es geht dir gut."

Inas Haus

Ina lebte noch mit Ende dreißig in ihrem El-
ternhaus und hatte nicht vor, jemals auszuziehen. Es war ziemlich alt, hundert Jahre etwa,
und so sehr sich auch alle Generationen, die
darin je gelebt hatten, um die Instandhaltung
bemüht hatten, entwickelte es – wie ein älterer
Mensch – gewisse Eigenheiten, die nicht mehr
vergehen mochten. Recht häufig gab es Wa-
ckelkontakte und regelmäßig flog die Siche-
rung raus. Morgens, nachdem im Ofen das
Holz entzündet worden war, und am Abend,
wenn die Räume allmählich abkühlten,
knarzte es gespenstisch im Gebälk. Außerdem
musste der Wassertank auf dem Dachboden
stets im Auge behalten werden. Ina war da sehr
konsequent, seit dieser einmal undicht geworden und sie mit dem Gefühl aufgewacht war,
während eines Regenschauers unter freiem
Himmel geschlafen zu haben. Das Innere des
Hauses war ziemlich düster und selbst an den
hellsten Tagen drang nur wenig Sonnenlicht
hinein. Zudem bröckelte allmählich der Putz
von der verwitterten Fassade und legt nach
und nach wurden störende graue Stellen frei.
Ina war durchaus bereit, es neu streichen zu
lassen, aber jener herrliche Farbton – Tannen-
grün – war nicht mehr zugelassen. Und das für
ein Haus, welches am Rande eines Waldes

stand, der wiederum zu einem beträchtlichen Anteil aus Grüntannen bestand. Wenn Ina darüber nachdachte, wollte sie sich ein Schnauben nicht verkneifen. Aber irgendwann – da war sie sicher – würde sie sich schon durchsetzen. Gewisse Dinge erforderten Geduld. Und Beharrlichkeit.

Des Öfteren wurde sie gefragt, ob sie sich als einzige Bewohnerin des Hauses nicht schrecklich einsam fühle. Darauf antwortete sie stets leichthin, dass sie sich, ja, zwar hin und wieder einsam fühle, jedoch nicht *schrecklich* einsam. Weiterer Erläuterung bedurfte es da eigentlich gar nicht und doch ließ diese Antwort meist Runzeln auf der Stirn der Fragesteller zurück. Es gab durchaus auch Leute, die ihr sogar davon abrieten, in dem Haus wohnen zu bleiben. Sie sei doch noch viel zu jung, um so zurückgezogen zu leben. Vor allem müsse sie viel mehr unter Menschen. Wie wolle sie denn so jemals einen Mann kennenlernen? Für Kinder sei es ja wohl ohnehin zu spät. Auf all die guten Ratschläge und das Gerede hinter vorgehaltener Hand – das man übrigens genauso gut hören konnte – gab Ina nichts. Auch wenn zu den Leuten, die die allgemeine Ansicht teilten, ihre Eltern gehörten. Sie waren vor einigen Jahren nach Spanien ausgewandert und hatten bis zu ihrer Abreise versucht, Ina zu überreden, doch mitzukommen.

„Endlich weg von dem Fluss! Bei dieser Feuchtigkeit rosten einem ja die Knochen durch!", hatte ihre Mutter gewettert.

Für Ina kam fortzuziehen gar nicht in Frage. Keine Sekunde zog sie es in Erwägung. Auch wenn sie eines Tages tatsächlich Rheuma kriegen sollte.

Besuch bekam sie so gut wie nie. Ihr dickköpfiges Wesen und ihr eigentümliches Leben ließen sie vielen sonderbar erscheinen. Auch darauf gab Ina nichts. Ihr reichte es als Gesellschaft, dass Wolke, die blaugraue Katze durch die Haustür schlüpfte, wenn sie vom Einkaufen heimkam. Ina liebte dieses Tier sehr. Oft rollte Wolke sich auf ihrem Schoß zusammen und schnurrte dabei, während sie selbst fernsah. Für Ina gab es kein schöneres Geräusch. Also kaufte sie für ihre Katze immer das beste Futter und erhielt als Dank dafür hin und wieder eine tote Maus.

Ina liebte ihre Freiheit. Einige wunderten sich, wie sie über die Runden kam, da sie sich ja nicht gerade krummzulegen schien. Nun, ihre Arbeit hatte sie sich mehr oder weniger selbst erfunden. Sie war in den letzten Jahren nach einer langen Aneinanderreihung von Rückschlägen als Schriftstellerin und Illustratorin doch noch recht erfolgreich geworden. Im Großen und Ganzen war sie einigermaßen ausgeglichen und mit ihrem Leben zufrieden. Aber es gab auch andere Tage, wenige zwar, aber die waren dafür richtig schlimm. Manchmal nistete sich ein Gedanke in ihrem Kopf ein, den sie gerne in Worte gefasst hätte. Da sie jedoch niemanden hatte, den sie ins Vertrauen ziehen konnte, keimte in solchen Momenten eine unterschwellige Angst in ihr auf, die die Stunden anhalten konnte, sie nachts nicht einschlafen ließ und ihr schon vor dem Morgengrauen den Tag verdarb. Ihre Augen verschloss sie dann vor der Sonne und den Farben. Wenn selbst Wolke ihr dann keine Gesellschaft leistete, war das Leben eine einzige Bürde. Dann saß sie stundenlang am Küchentisch; unfähig, Wasser für einen Tee aufzusetzen, eine Banane zu essen oder ein wenig hinauszugehen. Mittlerweile kannte Ina sich gut genug, um zu wissen, dass dieser Zustand irgendwann wieder verging, dennoch war da immer die Angst, dass es einmal nicht so sein könnte. Da aber jene Tage – wie schon erwähnt – eher selten waren, schaffte sie es, ihr Leben weitestgehend nach ihren Vorstellungen zu gestalten. Obwohl allein – oder vielleicht gerade deswegen –, wusste sie es zu genießen.

Sie hatte ein Zimmer eigens für ihr kreatives Schaffen eingerichtet. Dieses war ihr Lieblingsraum; die Wände schmückte eine altmodische Tapete mit einem in Brauntönen changierenden floralen Druck und es gab ein wunderbar großes Fenster. Wetten, dass viele Menschen im realen Leben nicht so aufregende Reisen machten wie Ina in ihrer Fantasie? Die Abende wurden ihr nur selten lang. Da zeichnete sie meistens. Es gab tausende und abertausende Ideen, die sie zu Papier bringen musste. Am liebsten zeichnete sie zuhause, obwohl es sich manchmal nicht vermeiden ließ, etwas direkt vor Ort zu skizzieren. Denn bestimmte Dinge waren schwierig im Gedächtnis zu behalten und daraus detailgetreu abzubilden: die Art, wie sich das Licht in einem Gegenstand brach, in welchem Winkel ein Schatten lag und wie lang dieser war, oder das Grün eines bestimmten Baumes. Gerade diese Details waren es, worauf es Ina ankam. Und genau das wiederum machte ihre Zeichnungen aus. Hin und wieder machte sie sich einen Spaß daraus, ihren Traummann zu zeichnen – und fühlte sich danach jedes Mal von sich selbst verraten. So wirklich gelingen wollte er ihr auch nie. Letztendlich hatte sie an allen Entwürfen etwas auszusetzen – zu dürre Beine, zu kurze Arme, zu aufgedunsenes Gesicht – und ärgerte sich, dass sie sich zu solch einem Kinderkram hatte hinreißen lassen.

Eines Abends, als Wolke nicht wie gewohnt nach Hause kam, kam Ina nicht zur Ruhe. Schon den ganzen Tag über hatte sie eine erschöpfende Unruhe verspürt. Feuchtigkeit, die durch die angegriffenen Fensterdichtungen nach innen drang, trieb ihr einen Schauer über den Rücken. Sie beschloss, früh schlafen zu gehen. Nachdem sie sich das Gesicht gewaschen hatte, verharrte ihr Blick auf ihrem Spiegelbild. *So ganz taufrisch siehst du ja nicht mehr aus*, dachte sie. Ihr Mund war beidseitig von einer leicht gebogenen Linie, dünn wie ein Haar, eingeklammert. Hingen diese dunklen Ringe immer unter ihren Augen? Wenigstens hatte sie keine Pickel mehr. Das war ein Vorteil des Reifens. Aber der Mund ... er wirkte so verkniffen!

„MAAU!"

Sofort wandte Ina sich vom Spiegel ab. Wolke strich am Rahmen der Badezimmertür entlang und alles wurde wieder ein wenig leichter.

Ina war eigentlich der Überzeugung, dass sie alles hatte, was sie zum Leben brauchte, aber immer öfter beschlich sie das Gefühl, dass etwas fehlte. Weder Unzufriedenheit noch Sehnsucht vermochten es zu benennen. Vielmehr war es eine innere, dennoch ferne Stimme, deren Worte sie nicht verstehen konnte. Je mehr Aufmerksamkeit sie ihr schenkte, desto undeutlicher wurde sie. Wenn sie an ihren Illustrationen arbeiten wollte, konnte sie sich nicht richtig konzentrieren, weshalb sie mit den Ergebnissen nicht zufrieden war. Es überkam sie die Überzeugung, nicht genug zu leisten, einfach nutzlos zu sein. Wie ein böser Geist, der ihr bisheriges Tun und Schaffen verhöhnte. *Immer nur Geschichten zusammenreimen und Bildchen malen. Und vom wahren Leben keinen blassen Schimmer!* Erst wurde sie wütend. Dann traurig. Hilflos.

Nach einigen Tagen, die aus nichts als bedrückender Schwere und innerer Lähmung bestanden hatten, wandelte Ina an einem schwarzen Abgrund. Schritt für Schritt balancierte sie an der Kante entlang. Es schwindelte sie fürchterlich und jede ihrer Bewegungen war unkontrolliert. Fremdgesteuert. Der linke Fuß versank im knackig grünen Gras, der rechte schwebte über der bodenlosen Schwärze und schien von dieser geradezu angezogen zu werden. Sie schwankte und für einen unendlichen Augenblick kippte sie der Dunkelheit entgegen.

Als sie die Augen aufschlug, durchströmte sie

ein Gefühl großer Erleichterung, jedoch wich dieses sofort einer Beklommenheit, die die Erinnerung an den Traum wie eine eiserne Faust in ihrer Brust fest umschlossen hielt und nach und nach Fragmente davon entweichen ließ. Benommen wankte sie aus dem Schlafzimmer. Dabei fiel ihr Blick auf Wolke, die, am Fußende des Bettes zusammengerollt, ihr feines Mäulchen im Schlaf leicht bewegte. Sie lauschte dem vertrauten, leisen Schnurren. Die Faust in ihrer Brust gab den letzten Erinnerungsfetzen an den Traum frei, wodurch die Beklommenheit von ihr wich.

Die Unruhe aber wurde Ina nicht los, obgleich sie sich mit allen Mitteln abzulenken versuchte. Als Erstes machte sie eine ellenlange Einkaufsliste und besorgte im Dorf alle aufgeschriebenen Dinge. Später schrieb sie in der Hoffnung, sich leerschreiben zu können, aber die Worte passten nicht zu dem, was sie eigentlich meinte. Schließlich rief sie ihre Eltern an. Ihr Vater wünschte sich, dass sie bald zu Besuch komme, und ihre Mutter sagte, sie klinge „irgendwie komisch". Ina antwortete beiläufig, wusste nicht, wie sie ihren Zustand hätte beschreiben können, und war sich gar nicht mehr sicher, ob sie das überhaupt wollte.

Da sie ja viele gute Sachen gekauft hatte, kochte sie daraus ein Mittagessen, das für eine ganze Familie – wenn nicht ein ganzes Heer – gereicht hätte. Davon aß sie dann so viel, wie auf eine Untertasse gepasst hätte. Den Rest fror sie ein. Hinterher stand sie für eine Weile verloren herum, bis sie beschloss, sich an dem Rosenstrauch im Garten zu schaffen zu machen, welcher in diesem Jahr einfach nicht gedeihen wollte.

Sowie Ina mit der Heckenschere bewaffnet um die Hausecke bog, sah sie, dass der Strauch gar keiner Fürsorge bedurfte. Da waren lauter Knospen, kurz davor, sich zu öffnen. Zermürbt stand sie da und fragte sich, ob es sich so anfühlte, wenn man anfing zu spinnen. Ihr Blick fiel auf den leise murmelnden Fluss, dessen kleine Wellen blendend grelle Lichtreflexe warfen. Da kam jemand am Wasser entlang, in Richtung ihres Grundstücks. Wenn sie es richtig erkannte, hinkte die Person.

Ina legte die Heckenschere auf den Gartentisch und fuchtelte ein wenig an einem Strauch herum, um nicht den Anschein zu erwecken, nichts anderes zu tun zu haben, als zu glotzen.

Irgendwann vernahm sie eine Männerstimme.

„Entschuldigung?"

Sie drehte sich um.

„Ist es von hier noch weit bis zum Arzt?"

Er sprach mit englischem Akzent – wahrscheinlich ein Brite – und sah ziemlich erschöpft aus.

„Na, in Ihrem Zustand ist es auf jeden Fall *zu* weit", antwortete Ina und kam zum Gartentörchen.

Normalerweise hätte sie niemals einen Fremden in ihr Haus gelassen, aber was wäre sie für ein Mensch gewesen, hätte sie es in dieser Situation nicht getan?

„Kommen Sie rein. Ich mache Ihnen was zu

trinken und dann fahre ich Sie zum Arzt."

Der hinkende Engländer oder Schotte oder was auch immer stellte sich als Nathan vor und bedankte sich weitaus öfter als nötig. An Inas Küchentisch sitzend, öffnete er seinen Bergschuh. Zum Vorschein kam ein Knöchel, der aussah wie eine reife Strauchtomate.

„Gratuliere", sagte Ina.

„Wo sind Sie denn untergebracht?", wollte Ina wissen, als sie sich auf der Rückfahrt vom Arzt befanden, der Nathans Knöchel, welcher verstaucht war, geschient hatte.

„Nirgends."

„Ja wie?"

„Ich bin zu Fuß unterwegs und suche mir jeden Tag eine neue Bleibe."

„Und Sie meinen, Sie finden hier heute noch was?"

„Habe ich schon. Über Airbnb. Aber ich würde dort eigentlich lieber absagen und bei Ihnen wohnen. Ich bezahle selbstverständlich auch."

„Wieso denn lieber bei mir?"

„Mit dem Fuß komme ich vorerst sowieso nirgendwo hin. Mir gefällt Ihr Haus und wie es gelegen ist."

Der hatte also vor, länger zu bleiben. Sollte Sie vielleicht vorschlagen, ihn morgen oder in den nächsten Tagen zum Flughafen zu fahren?

„Und Sie auch."

Ina zog die Brauen zusammen. „Was, ich auch?"

„Sie gefallen mir auch."

Eigentlich wollte Ina keinen Mitbewohner in ihrem Haus. Es bot gerade genug Platz für sie selbst und ihre kreativen Ergüsse. Wenn da dann noch jemand herumlungerte ...

Wider alle Erwartung stellte Nathan sich in den nächsten Tagen als echte Bereicherung für ihr Leben heraus. Es kam sogar der Moment, in dem sie dachte, sie würde gerne sein unter wirren, hellbraunen Löckchen hervorguckendes Gesicht zeichnen.

Oft saßen sie unter dem klapprigen Sonnenschirm auf der kleinen Terrasse an der Sonnenseite des Hauses und erzählten sich Bedeutsames sowie jede Menge Unbedeutendes. So erfuhr Ina, dass Nathan, der Schotte war, während seines Studiums ein Auslandssemester in Heidelberg verbracht hatte und daher so gut Deutsch konnte, aber zu jener Zeit kaum dazu gekommen war, herumzureisen. Dies holte er also jetzt nach.

Die Zeit verging so mühelos und zum ersten Mal in ihrem Leben fühlte Ina sich völlig unbeschwert. Auch Wolke hatte sich inzwischen an Nathans Anwesenheit gewöhnt und war sogar kurz davor, ihn zu *akzeptieren*. Da stand seine Abreise bevor. Er hatte Ina nicht überreden können, zu ihm nach Schottland zu ziehen. Bei ihr bleiben konnte er auch nicht, da er einen pflegebedürftigen Vater und die Verwandtschaft nur begrenzt Zeit hatte, seiner Mutter bei der Pflege zu helfen.

Ina fertigte eine letzte Skizze von Nathan an, damit sie sich immer an ihn erinnern würde.

Dann entschieden sie, noch mal eine Runde spazieren zu gehen.

„Oops, ich habe meine Sonnenbrille vergessen", sagte Nathan dort, wo der Wald begann, und lief zurück zum Haus.

Die beiden traten gerade den Rückweg des ausgedehnten Spaziergangs an, als sie aus Richtung des Dorfes eine dunkle Rauchsäule aufsteigen sahen.

„Das muss in der Nähe von meinem Haus sein", sagte Ina mit einem leichten Stocken in der Stimme.

„Mach dir keine Sorgen", meinte Nathan und legte den Arm um sie.

„Na, du hast Nerven."

Je näher sie dem Ort kamen, desto mehr erhärtete sich Inas Verdacht. Schließlich sahen sie das tannengrüne Haus am Fluss, das jetzt schwarz war und aus dessen zerborstenen Fenstern Flammen züngelten.

„Wolke", hauchte Ina.

Nathan drückte sie sanft und sagte: „Ich habe sie vorhin am Waldrand gesehen. Sie ist mausen."

„Mein Haus!", rief Ina und sank auf die Knie. Wie ein Dach presste sie sich beide Hände auf den Kopf.

Nathan blieb angesichts der Umstände vorerst bei Ina. Sie quartierten sich in einer Pension ein. Ihre Eltern waren natürlich geschockt, als sie vom Schicksal des Hauses erfuhren, aber das A und O sei, sagten sie, dass Ina nichts pas-

siert sei. Sie würden sofort in den nächsten Flie-
ger steigen und zu ihr kommen. Ina lehnte jedoch dankend ab, da die beiden ihr in dieser Situation ja nicht wirklich weiterhelfen konnten.
Diese Aufregung wollte sie ihnen lieber erspa-
ren. Außerdem war ja Nathan bei ihr. Sie hatte
gehofft, sie hätte ihn und ihre Eltern einander
unter entspannteren Umständen vorstellen können, jedoch geschah dies nun vor der Desktop-
Kamera ihrer Vermieterin und mit durch den
schlechten Empfang verkrüppelten Worten und
pixeligem Bild.

„Ich habe eine schöne große Wohnung", sagte
Nathan, während er mit Ina an dem wackeligen
Tischchen in dem beengten Pensionszimmer
saß.
„Eine Wohnung reicht mir nicht. Ich brauche
ein Haus."
„Okay."
Nicht einmal ein Anflug von Eingeschnapptsein
war in Nathans Stimme zu hören. Es war genau
diese Art, die sie so sehr an ihm schätzte.
„Ich weiß, dass es ganz in der Nähe meiner
Wohnung ein leerstehendes Haus gibt. Es ist
gut erhalten, aber schon ziemlich alt."
„Also ein Haus mit Charakter." Inas Augen fun-
kelten.

∻∻∻

Sie war, nachdem in ihrer ehemaligen Heimat
nach dem Brand alle möglichen Behörden-
gänge abgehakt waren, mit Nathan nach

Schottland gegangen – mit Wolke im Gepäck. Der Rest ließ sich von dort irgendwie regeln. Da sie Autorin sowie Illustratorin war, stand ihre Arbeit dem Auswandern nicht im Wege. Arbeiten konnte sie nämlich überall, wo sie genug Ruhe dazu hatte.

Momentan lebte sie in Nathans Wohnung, die durchaus geräumig und angenehm war. Wolke und Nathans Hund Woody kamen sich nur gelegentlich, aber dann richtig heftig in die Quere. Inzwischen machte sich Wolke regelmäßig in seinem Körbchen breit.

Es war gut gewesen, jemanden dazuhaben, so lange sie noch unter Schock gestanden hatte – und das war ein ordentlicher Schock gewesen! Langsam, aber sicher machte sich jedoch das Gefühl der Enge in ihr breit, weshalb die Neuigkeiten zu dem geplanten Hauskauf wie gerufen kamen.

„Das Geld, das du von der Versicherung ausgezahlt bekommen hast, sollte auf jeden Fall reichen, um das Haus zu kaufen – falls es dir gefällt."

Nathan besorgte Ina die Nummer des Eigentümers, damit sie mit diesem einen Besichtigungstermin vereinbaren konnte. Sie verliebte sich sofort in das Haus, das nahe einer Klippe stand. Der Flur war schmal und düster, aber in alle anderen Räume fiel genügend Licht, sodass Ina sich dort wohlfühlen würde. Schnell entschied sie sich und sagte dem Eigentümer zu.

Wenige Tage später bezog sie ihr neues altes

Haus, in welchem sie stets die Meeresbrandung hören konnte. Nathan kam häufig zu Besuch und es war ein wenig wie damals in ihrem tannengrünen Haus am Fluss.

Damals. Damals war vor zwei Monaten, dachte Ina.

Das Paar aß in Inas Haus, in dem kleinen Erker mit der tollen Aussicht auf das Meer, zu Abend. Der Sonnenuntergang färbte den Himmel orange. Der sich herabsenkende Ball warf einen goldenen Pfad über das ansonsten tiefdunkle Meer.

„Ich habe dein Haus angezündet."

Die durch den glühenden Äther gleitenden Möwen schienen für einen Moment stillzustehen. Gleich würden sie verschmoren und mit schwarz aufgekringelten Flügeln in die Fluten stürzen.

Sie glitten weiter.

„Ich habe natürlich vorher sichergestellt, dass Wolke draußen ist. Und du hattest mir ja von deinem feuerfesten Tresor erzählt ..."

Ja, richtig, der Tresor hatte Ina durchaus treue Dienste erwiesen, weshalb die Früchte ihres Schaffens sowie die wichtigsten persönlichen Gegenstände den Brand überlebt hatten. Nathan musste sich wohl, sofern er nicht vorhatte, ins Gefängnis zu wandern, vollkommen sicher – geradezu todsicher – sein, dass Ina ihn nicht anzeigen würde. In einem Film wäre nun wohl der Moment gekommen, dass sie völlig ausrastete, hysterisch herumschrie: *Was bist du für ein Ungeheuer!?*, mit Gegenständen nach ihm warf und mit tränenbeschlagener Stimmer *RAUS!* brüllte. Stattdessen war sie irgendwie gerührt. *Er hatte ihr Haus abgefackelt, damit sie in seine Nähe zog.* Und außerdem hatte sie nun ja wieder ein eigenes Haus ...

„Warum erzählst du es mir überhaupt?"

Nathan schwieg.

„Es wäre nicht aufgefallen. Ich hätte es vermutlich nie erfahren."

„Ich wusste, dass ich es dir erzählen *kann*. Dass du es verstehst. Außerdem bin ich ein aufrichtiger Mensch."

„So, ein aufrichtiger Mensch. Und was ist mit dem Vorwand der Sonnenbrille, um einen Brand stiften zu können?", fragte Ina mit einem Lächeln in der Stimme.

Die Leute ohne Namen

Ein seltsames Gefühl war mit dem Erkennen des vertrauten Zuges im Gesicht der älteren Frau verbunden. Ja, dieses Lauernde in den Augen war Frieda wohlbekannt. *So viel* wusste sie.

„Kann ich Ihnen irgendwie helfen?", erkundigte sich Frieda höflichkeitshalber. Sie *wollte* eigentlich gar nicht mit ihr sprechen.

„Ist der Herbert nicht da?"

Frieda stutzte. Hatte sie richtig gehört? Ihr Vater war vor drei Jahren verstorben. Das musste diese Frau doch wissen, wo im Ort jeder alles über jeden wusste. Sicherlich merkte sie Frieda ihre Fassungslosigkeit an, an der Mimik der Besucherin abzulesen war dies jedoch nicht. Vielleicht wurde sie noch ein klein wenig lauernder, die blitzenden Äuglein noch schmaler, falls das denn möglich war.

„Der Herbert ist nicht da", antwortete Frieda knapp. „Wer sind Sie?"

Sie wandte sich wieder den Radieschen zu, aber sie spürte, wie sich der Blick der Frau in ihren Rücken brannte. Diese tat so, als habe sie die Frage überhört. Während Frieda zwischen den grünen Büscheln, die aus der Erde schauten, hantierte, schob sich die undeutliche Gestalt der Besucherin hin und wieder in die Peripherie ihres Blickfelds.

„Wo ist denn der Herbert?" Dieses Mal klang die Stimme der Frau beinahe zeternd.

39

Ruckartig drehte Frieda sich zu ihr um und betrachtete ganz genau ihr Gesicht, die Runzeln, die frustriert ihren Mund umkräuselten. Aufs Neue war da ein Wiedererkennen, welches in Friedas Brustraum sogleich ein Gefühl der Enge erzeugte.

„Wir kennen uns doch. Von früher", sagte Frieda, die Stirn unbewusst in Falten gelegt.

Da wirkte die Besucherin auf einmal abwesend, blickte an ihr vorbei und näherte sich langsam dem Gemüsebeet. Stöhnend bückte sie sich und zog an einem grünen Trieb, welcher der Sonne entgegenwuchs. Zum Vorschein kam eine verkümmerte Karotte, so dünn wie ein Bleistift.

„Was soll das?", fragte Frieda irritiert.

Die Frau hielt die kümmerliche Karotte ins Licht und betrachtete sie eingehend. Dann blickte sie Frieda scharf aus den Augenwinkeln an, ohne dabei den Kopf zu drehen. Mit der Karotte deutete sie auf Frieda.

„*Das*", sagte die Frau, wobei die Hand, die das Gemüse umklammerte, bebte. „*Das* wäre dem Herbert nicht passiert!" Sie machte einen Schritt auf Frieda zu, die unwillkürlich zurückwich. „*Das* passiert nur, wenn man sich nicht kümmert!" Noch immer funkelte sie Frieda aggressiv von der Seite an. „Dem Herbert ist es doch genau gleich ergangen. Du hast dich nicht um ihn gekümmert! Stattdessen hast du ihn ausgesaugt wie ein Vampir! Deinen eigenen Vater! Dein Studium hat er dir finanziert, während er selbst fast zugrunde gegangen ist vor lauter Arbeit. Jetzt hast du sein Haus. Aber erst musste er *sterben*. Damit du hier gemütlich wohnen kannst, ohne einen Finger zu krümmen!"

Frieda wollte sofort etwas erwidern, denn eigentlich wusste sie, dass die Frau im Unrecht war, dass sie sie längst vom Grundstück hätte verjagen sollen. Stattdessen musste sie hart schlucken.

„Wer sind Sie überhaupt, so mit mir zu sprechen", brachte sie schließlich hervor, jedoch in ihren eigenen Ohren viel zu schwach. „Dazu haben Sie überhaupt kein Recht."

Die Frau hatte sich bereits umgedreht und entfernte sich. Offenbar hatte sie das erreicht, was sie wollte.

„Wer sind Sie?", rief Frieda ihr hinterher. Ihre Stimme riss während der letzten Silbe ab. „Wie heißen Sie?" Sie zitterte, war längst den Tränen nahe und musste sich setzen. Mitten ins Beet sank sie nieder, da sie nicht anders konnte.

Am nächsten Morgen zog Frieda gleich mehrere Karotten aus der Erde. Sie alle waren bleistiftdünn. Sie warf sie auf den Komposthaufen und machte sich auf den Weg in den Ort. Nach ihrer Runde durch die Geschäfte zogen zwei prall gefüllte Einkaufstaschen an ihren Händen, weshalb sie sich entschied, den Bus zu nehmen. Der tauchte schon hinter einer Häuserecke auf. Sie lief so schnell es die vollen Einkaufstaschen zuließen und schaffte es gerade noch einzusteigen, bevor die Türen sich schlossen.

„Guten Morgen", grüßte sie den Fahrer.

„Ich hätte gerne ein Ticket."

„Ja, hast du denn keinen Dreimonatspass? Du bist doch von hier, oder?"

„Ich bin noch nicht dazu gekommen, den Dreimonatspass zu beantragen. Ich war längere Zeit nicht da."

„Sie ist immer noch die Gleiche", vernahm sie eine Stimme aus dem hinteren Teil des Busses. Der Satz war gemurmelt worden. Ihre Augen mussten sich nach dem gleißenden Sonnenschein erst an das dunklere Licht gewöhnen. Da hinten saß jemand, aber wer das war – das konnte sie nicht erkennen. Frieda glaubte, sich vielleicht doch verhört zu haben. Sie war auch gerade viel zu sehr mit ihrem Kleingeld für das Ticket beschäftigt.

„Da hast du ja ganz schön was eingekauft", bemerkte der Fahrer noch, als sie den Mittelgang betrat. Nun sah sie den Mann, von dem sie nicht wusste, ob er nun diesen seltsamen Kommentar von sich gegeben hatte oder nicht. Mit einem Lächeln beobachtete er, wie sie sich, zunächst strauchelnd durch das ruckartige Anfahren des Busses und dann dauernd mit ihren Taschen stecken bleibend, durch den Gang schob. Es war nicht unbedingt ein freundliches Lächeln. *So viel* war Frieda klar. Dieser Satz, ob er ihn nun tatsächlich gesagt hatte oder nicht, erzeugte ein derart negatives Gefühl in ihr, dass sie glaubte, gleich an der nächsten Haltestelle aussteigen zu müssen.

Jetzt wusste sie auch, an wen der Mann sie erinnerte. Er hatte etwas von einem früheren Lehrer, jedoch ohne dieser tatsächlich zu *sein*. Sie sah seinen Umriss von ihrem Platz aus schräg von der Seite. Ja, er sah ein bisschen so aus wie jener Lehrer und doch auch wieder nicht.

„Wer sind Sie noch mal?", fragte Frieda.

Er antwortete nicht. Wandte sich nicht einmal zu ihr um.

„Entschuldigung", rief sie jetzt ziemlich laut. „Ich hatte gefragt, wer sie sind."

Nun schien er etwas gehört zu haben. Beinahe überrascht war sein Gesichtsausdruck, als er sich umdrehte. Als sie glaubte, jetzt würde er ihr antworten, wandte er sich wieder ab und unterhielt sich in gedämpfter Lautstärke mit dem Fahrer. Nur Satzfetzen davon drangen zu ihr durch. Sie hörte „früher" und „Schule" und dann „unbeholfen" und sofort war ihr klar, dass sie damit gemeint war.

„Was erzählen Sie da über mich?", rief Frieda, da sie das auf keinen Fall auf sich beruhen lassen wollte, weil sie es nicht auf sich beruhen lassen *konnte*. Jedoch reagierte der Mann nicht.

„*Wer* sind Sie?", rief sie jetzt noch etwas lauter.

Er drehte sich jedoch wieder nicht um, sondern sagte irgendetwas für sie Unverständliches zu dem Fahrer.

Für Frieda war auch dieser Tag gelaufen. Gestern diese furchtbare Frau und heute der komische Mann im Bus. Was war das auf einmal? Dass sie offenbar erkannt wurde, aber sie selbst niemanden mehr mit Sicherheit kannte! Holte sie gerade etwas ein, von dem sie nicht wusste, was es eigentlich war? Warum war sie nicht in der Lage, sich gegen diese Leute zur Wehr zu setzen?

Zuhause ging Frieda ins Bad und sah in den Spiegel. „Du glaubst doch nicht, was diese Leute über dich sagen, oder? Das glaubst du doch nicht!"

Inzwischen fragte sie sich, ob es eine gute Idee gewesen war, über den Sommer herzukommen. Verstanden hatte es ja niemand, da das Haus erinnerungsträchtig war und ohne Herbert, ihren Vater, einfach nicht mehr dasselbe. „Das macht doch nichts", hatte Frieda leichthin gesagt. „Dort habe ich wenigstens Ruhe und mich lenkt nichts von meiner Abschlussarbeit ab. Außerdem habe ich im Frühjahr Gemüse eingesät. Das kann ich dann nach und nach ernten und essen. Im Herbst ist sicher noch genug übrig, um es in der Gefrierbox nach Hause zu transportieren." Augenzwinkernd hatte sie hinzugefügt: „Das wird ein rundum nachhaltiger Sommer."

In der Nacht schlief Frieda schlecht. Da redeten Leute draußen, unter ihrem Fenster. Da ansonsten nächtliche Stille herrschte, konnte man jedes Wort verstehen. Das kannte sie von früher. Da Frieda nicht so schnell aus dem

Halbschlaf fand, vermochte sie sich nicht auf-
zurappeln, um das gekippte Fenster zu schlie-
ßen. Jetzt hörte sie ihren Namen! Sie sprachen
über *sie*. Nun war sie vollständig wach, aber
das Fenster ließ sie jetzt doch offen. Sie wollte
wissen, was die Leute dort draußen über sie erzählten.

„Die Frieda und ihre Mutter machen das mit
dem Hof auch eher schlecht als recht", sagte
eine Frauenstimme.

„Das war doch noch nie anders", fügte ein
Mann hinzu. „Selbst als der Herbert noch da
war."

„Ja, der arme Herbert", klagte eine dritte Stimme, wieder eine weibliche. „Der musste immer
alles alleine stemmen und was war der Dank
dafür? Frau und Tochter sind weggezogen. In
die *Stadt*."

Mittlerweile saß Frieda aufrecht im Bett. Dass
ihre Mutter und sie damals, vor über zehn Jahren, weggezogen waren, stimmte, aber es war
weitaus komplizierter gewesen, als es von diesen Leuten unter ihrem Fenster dargestellt
wurde. Sie und ihre Mutter waren stets mit ihrem Vater in Kontakt geblieben und insbesondere Frieda hatte weiterhin ein sehr gutes und
enges Verhältnis zu ihm gehabt. Natürlich, die
Arbeit auf dem Hof war viel und anstrengend
gewesen und Frieda hatte lediglich in den
Schulferien und später in den Semesterferien
Zeit gehabt, ihrem Vater zu helfen. Doch dies
hatte er ihr nie zum Vorwurf gemacht. Warum
also rechtfertigte sie sich nun in Gedanken vor

diesen Leuten unter ihrem Fenster, die sich anmaßten, über sie zu urteilen?

Seltsamerweise erkannte sie die Stimmen, hatte aber kein konkretes Bild der Leute vor Augen. Sollte sie vielleicht durch den Spalt zwischen den fast geschlossenen Fensterläden lugen? Aber dann würde sie womöglich entdeckt werden. Ob die Leute dort unten so laut sprachen, weil sie nicht mitbekommen hatten, dass Frieda vor einigen Wochen das Haus bezogen hatte?

Da war auf einmal eine weitere Stimme. Es war die Frau, die letztens bei ihr aufgetaucht war. Die mit dem lauernden Blick.

„Die ist das Arbeiten nicht gewohnt", sagte sie. „Die Karotten, die sie in ihrem Gemüsebeet anpflanzt, sind dünn wie die Reiser in meinem Besen. Erst letztens habe ich eine aus der Erde gezogen."

„Alte Hexe", sagte Frieda laut. Dass die einfach Karotten aus ihrem Beet riss, fand wohl niemand in der Runde fragwürdig.

„Das ist eine Verwöhnte", krähte dieselbe Frau viel zu laut, worauf die anderen zustimmend brummten.

Das weitere Gespräch der Gruppe handelte von Belanglosigkeiten. Nun wagte es Frieda doch, durch den Spalt zwischen den beiden Fensterläden zu spähen. Im schwachen Licht einer einige Meter entfernt stehenden Straßenlaterne sah sie unten, in der Einfahrt, vier Personen. Unter ihnen befand sich, wie sie richtig gehört hatte, die hagere Gestalt der Frau, die

46

ihr vorgestern einen Besuch abgestattet hatte. Die anderen beiden Frauen waren eher klein und untersetzt und ein Mann stand etwas krumm da. Sie hätte nicht mit Sicherheit sagen können, ob sie jemanden aus dem Grüppchen von früher kannte. Allerdings ließ das spärliche Licht kaum mehr als das Wahrnehmen von Schemen zu.

Wieder im Bett, versuchte Frieda abzuschalten, doch das von den Leuten Gesagte ließ sie nicht mehr einschlafen. Am Morgen fühlte sie sich vollkommen gerädert. Die heiße Kaffeetasse umklammernd, überlegte sie, was sie tun sollte. Sie hätte nicht herkommen sollen – das war ihr jetzt endgültig klar. Nur noch weg von hier wollte sie. Doch wenn sie sich jetzt ins Auto setzte, würde sie ganz sicher früher oder später in der Leitplanke landen, so unruhig und zittrig, wie sie war.

Sollte sie ihre Mutter anrufen? Die würde nicht zögern, ins Auto steigen und mit fliegenden Fahnen die zweihundert Kilometer angerauscht kommen. Dann würde sie sagen: „Ich habe mir schon von Anfang an gedacht, dass das nichts ist – wochenlang alleine in dem Haus!" War es das, was sie jetzt brauchte? Und würde das Ganze ihre Mutter nicht unnötig aufregen? Schließlich hatte sie eine zermürbende Zeit hinter sich.

Während Frieda lustlos auf einem zäh gewordenen Keks herumkaute, fiel ihr jemand ein, dem sie sich anvertrauen konnte. Vero. Sie waren momentan nur sporadisch in Kontakt, aber mit ihr hatte sie schon einige tiefschürfende Gespräche geführt. Nach kurzem Überlegen schrieb sie ihr eine Whatsapp. Keine fünf Minuten später klingelte Friedas Handy. Vero, die Ruhe in Person, erschien auf dem Display.

„Frieda", sagte sie mit ihrer dunklen Stimme. „Erzähl doch mal."

Und Frieda erzählte. Kein Detail ließ sie aus, steigerte sich richtig hinein. Bis sie einen Weinkrampf bekam. Und erzählte weiter, obwohl man sie bestimmt kaum noch verstehen konnte. Vero hörte die ganze Zeit schweigend zu.

„Manchmal denke ich, ich kenne die alle irgendwoher", sagte Frieda durch die Nase, da ihr sämtliche Schleimhäute angeschwollen waren. „Aber sie haben irgendwie keine Namen. Selbst als ich die lauernde Frau und den Mann im Bus direkt danach gefragt habe, haben sie mir keine Antwort gegeben." Sie musste sich die Nase putzen. „Und die Leute letzte Nacht, unter meinem Fenster – ich bin mir ganz sicher, die hätten mir auch nicht ihre Namen gesagt, wenn ich sie danach gefragt hätte." Sie wischte sich mit dem Ärmel ihres Pullovers durchs Gesicht. „Was hat das alles zu bedeuten, Vero?"

Vero schwieg noch immer. Ihr Gesichtsausdruck war gelassen und zugleich mitfühlend. Es gab nicht viele Menschen, die gelassen *und* mitfühlend sein konnten.

„Vielleicht", sagte Vero schließlich, „ist es an der Zeit, dass du ihnen Namen gibst."

Frieda hielt sich ihr Smartphone näher vors

Gesicht. „Wie meinst du *das* denn jetzt?"

„Na, ich könnte mir vorstellen, dass sie dann aufhören, so einen Mist über dich zu reden."

„Wenn ich ihnen *Namen* gebe?" Wie gebannt starrte Frieda ihre Freundin auf dem Display an.

„Eigentlich meinte ich eher, wenn du sie ... *benennst*. Wenn du ganz genau überlegst, wer sie sind. *Was* sie sind. Sie machen dir Angst, aber ich glaube, wenn du sie benennst, verlieren sie ihren Schrecken."

„Du meinst", erwiderte Frieda, wobei sie ungläubig auflachte, „so ähnlich wie bei Rumpelstilzchen?"

Ein leises Lächeln lag auf Veros Gesicht. „Ja, so ungefähr."

Unter den Teppich gekehrt

Die neue Wohnung war schon ganz okay. Schön, im dritten Stock eines in einer ruhigen Seitenstraße liegenden Hauses. Die Fenster eröffneten weder eine Aussicht auf etwas Störendes noch auf etwas wirklich Malerisches. Man sah einigermaßen gepflegte Hausfassaden mit Fenstern, die mal erleuchtet waren und mal nicht, die mal den Blick auf einen Teil des Inventars freigaben und diesen mal durch Rollos verdeckten, die mal geöffnet oder gekippt waren und mal geschlossen. In ihnen zeigte sich der Alltag der Bewohner in stark reduzierter Form.

Der Fußboden stand noch voller Kisten, an denen Hans sich bereits den rechten kleinen Zeh gebläut hatte. Wo hatte er das ganze Zeug bloß vorher untergebracht? Die Schränke schienen während des Umzugs geschrumpft zu sein. Er zog sich die Socken aus – da läutete es. Das konnte nur das Pizzataxi sein. Hans öffnete, hielt dem jungen Mann mit dem olivfarbenen Teint und dem sauber gestutzten Bart seine Bankomatkarte an das dafür vorgesehene Gerät und nahm den Karton entgegen. In diesem Moment fiel ihm auf, dass der Lieferant seinen Blick an ihm vorbei in das Innere der Wohnung schweifen ließ, als suche er etwas.

Auf dem Bett sitzend, öffnete Hans den Karton

und schaltete den Fernseher ein. Er hatte die Pizza ungefähr zu einem Drittel verzehrt, als Trix, sein Hund, auf einmal in der Ecke links unter dem Fenster intensiv herumzuschnüffeln begann. Bestimmt hatten die Vormieter ebenfalls einen Hund gehabt. Als Trix keine Anstalten machte, sein Schnüffeln einzustellen, stellte Hans den Pizzakarton ein wenig widerwillig beiseite und beugte sich der Ecke entgegen, welche sein Hund auf das Genaueste inspiziert hatte, um dort möglicherweise etwas erkennen zu können. Der Teppichboden hatte keine Flecken und schmiegte sich in einer sauberen Linie in den rechten Winkel zwischen Fußboden und Wand. Da war nichts.

„Geh in dein Körbchen, Trix."

Der Hund gehorchte. Hans zappte die Sender durch, während er sich weiter Pizza in den Mund stopfte. Als er zufällig einen Film fand, in dem Catherine Zeta-Jones mitspielte, legte er die Fernbedienung weg. Die war einfach immer super. Sein allererster Schwarm, als er noch ein kleiner Lausbub war – ein Lausbub war er genau genommen nie gewesen, aber immerhin klein. Wie konnte man für diese Schauspielerin schwärmen und sich dann in einen Frauentypen wie Ingrid verlieben? Ingrid mit ihrer hellen, sommersprossigen Haut und den wirren rotblonden Löckchen ... Nicht dass sie nicht auch hübsch wäre ...

Irgendwann – es war wohl mitten in der Nacht – wurde Hans wach, wusste aber im ersten Moment gar nicht, weshalb. Er glaubte, im Schlaf ein Geräusch vernommen zu haben. Es war sogar immer noch zu hören – es war Trix, der wieder in der Ecke schnüffelte.

„Trix, geh in dein Körbchen", ächzte Hans. Wenn das jetzt womöglich jede Nacht so ging, stand ihm ja noch etwas bevor ... Er glitt zurück in den Tiefschlaf und wurde gefühlt ein paar Minuten später erneut herausgerissen. Sein Hund schnüffelte wieder in der Ecke herum. *Echt jetzt!?*

Grantig machte Hans Licht, schwang seine Beine aus dem Bett, schaltete die Handy-Taschenlampe ein und hockte sich auf den Fußboden, um die Ecke auszuleuchten. Kaum zu erkennen, war da an der Wand eine kleine Stelle, die irgendwann einmal überstrichen worden war. Man konnte nicht einmal behaupten, dass das Weiß dort anders war, es schien lediglich ein bisschen matter zu sein. Und dort im Teppich war, wenn man ganz genau hinschaute und mit der flachen Hand darüberstrich, eine leichte Wölbung zu erkennen. Da hatte halt jemand mal etwas ausgebessert.

Vorsichtshalber näherte sich Hans mit dem Gesicht der Ecke, um an der Stelle, die Trix so interessant zu finden schien, zu riechen. Nichts. Es roch neutral. Oder war da vielleicht noch ein ganz leichter – die Ahnung eines Geruchs? Ein Geruch, wie ... Unsinn! Es war nach zwei Uhr und er ließ sich wieder ins noch warme Bett sinken. Bevor er das Licht löschte, bemerkte er, dass Trix in seinem Körbchen den Kopf hob und ihn aufmerksam anblickte.

„Du bleibst im Körbchen!"

Als Hans das nächste Mal aufwachte, war es bereits Morgen – was ihn beruhigte. Trix hatte die restliche Nacht Ruhe gegeben. Sicher war er nur irritiert gewesen durch den Umzug und musste sich in seiner neuen Umgebung erst einmal zurechtfinden. „Guter Hund." Trix setzte sich, als Hans aus dem Bett kroch, in seinem Körbchen auf, damit dieser ihm rituell den Kopf streicheln konnte, bevor er ins Bad ging. Sein Hund hatte ursprünglich Trixie geheißen, da ihn der Bauer, bei dem er ihn geholt hatte, in den ersten paar Monaten immer mit einem weiblichen Welpen aus dem Wurf verwechselt hatte. Hans hatte den kleinen, mit zartem Stimmchen winselnden Border Collie, den er vom Bauern mit den Worten „Das hier ist Trixie!" vor die Nase gehalten bekam, an sich genommen. Natürlich dauerte es nicht lange, bis er feststellte, dass es sich um einen Rüden handelte, und so wurde aus Trixie eben Trix. Das war ihm irgendwie am naheliegendsten erschienen.

Es graute Hans ein wenig vor der Arbeit im Büro. Solange man neu war, musste immer so vieles auf einmal in den Kopf rein, bis man am Ende des Tages völlig k. o. war. Die Kollegin und der Kollege waren aber dadurch erträglich, dass sie gelangweilt in ihren Sesseln hingen und träge vor sich hintippten, wenn sie Hans nicht gerade mit monotoner Stimme etwas erklärten, und er musste sich nicht gerade ein Bein ausreißen. Recht unangenehm war allerdings der gestrige Auftritt einer Studentin gewesen, die sich beschwert hatte, dass die Heizung auf ihrem Zimmer nicht funktionierte. Jeder Beschwichtigungsversuch schlug fehl. „Ich schicke morgen meinen Vater vorbei, dann können *Sie* sich warm anziehen!" Zum Glück gingen die meisten Beschwerden per E-Mail ein. Der Posteingang, so dämmerte es Hans, quoll wahrscheinlich jeden Morgen über. Wo landete bloß das ganze Geld, das sie den Studenten für ihre unbeheizten und wahrscheinlich auch vergammelten Zimmer abknüpften? Seinem Gehalt wurde es schon mal ganz sicher nicht zugeschlagen ...

Gegen sechs war Hans zuhause und haute sich erst einmal ein paar Eier in die Pfanne. Er konnte es kaum erwarten, dass Ingrid ihm endlich wieder ihr berühmtes Gulasch zaubern würde. So etwas bekam er selber einfach nicht hin. Bis man wusste, was man alles brauchte und man das ganze Zeug zusammenhatte ... da machte er sich lieber etwas Schnelles. Für einen alleine lohnte sich der ganze Aufwand sowieso nicht.

Trix sprang, wie immer, im Dreieck, als er im Begriff war, ihm sein Futter vorzusetzen. Auch wenn es ihm peinlich gewesen wäre, dies zuzugeben – er liebte das Knacken der Friskis, wenn sein Hund sie zerkaute.

Gleich nach der abendlichen Gassirunde ging Hans ins Schlafzimmer und begann sein Hemd aufzuknöpfen – da fiel sein Blick auf ein paar kleine, helle Krümel auf dem Teppich in der Ecke, an der Trix letzte Nacht so ausgiebig geschnüffelt hatte. Ja, dort war ein wenig Putz abgebröckelt, da, wo der Teppich begann, an der Stelle, die aussah, als sei sie ausgebessert worden. Natürlich war Hans sofort klar, dass das nur Trix gewesen sein konnte. Doch da er sein Körbchen im Schlafzimmer hatte, musste Hans die Tür dorthin offen lassen, wenn er die Wohnung verließ. Etwas musste in dieser Ecke sein, da der Hund sich derart auffällig verhielt, auch wenn dort nichts Außergewöhnliches zu erkennen war.

Als er zur Tür blickte, sah er Trix, der schuldbewusst, mit angelegten Ohren seinen Kopf durch den Spalt steckte. „Was hast du wieder angestellt, du Rabauke", murmelte Hans und tätschelte dem Hund, da er nicht anders konnte, den Kopf. In diesem Moment stieg ihm ein komischer Geruch in die Nase. Der kam auf keinen Fall von Trix. Hans beugte sich, wie letzte Nacht, in die Ecke. Von dort her roch es jetzt tatsächlich. Es war ein unangenehmer, fast fauliger Geruch und er schlug ihm auf den Magen. Er öffnete das Fenster und sog die kühle Abendluft ein. In dem beleuchteten Raum gegenüber bewegte sich der Umriss einer schlanken Frau.

Heute hatte er keine Lust mehr, der Quelle des Geruchs auf den Grund zu gehen. Er war erschöpft von dem Tag in dem stickigen Büro und der Einweisung in seine neuen Aufgaben. Einmal im Bett, schlief er sofort ein. Sein Schlaf währte, bis ihn das Schaben von Trix' Krallen weckte. *Dieser Scheißköter*, ging es ihm durch den Kopf, doch verübeln konnte er ihm seine Untersuchungen nicht. Im Schlafzimmer war eine furchtbare Luft. Dieser seltsame, unangenehme Geruch lag jetzt wie ein unsichtbarer Schleier aus schalen Schwaden im Raum. Hans kurbelte das Rollo ein Stück hinauf und öffnete das Fenster. Gleich in der Früh würde er den Vermieter kontaktieren.

Selbst nachdem das Schlafzimmer gründlich durchgelüftet war, konnte er sich nicht mehr mit dem Gedanken anfreunden, hier den Rest der Nacht zuzubringen, und klemmte sich Decke und Kissen unter den Arm. Trix stand unschlüssig am Fußende des Bettes, eine Vorderpfote in seinem Körbchen. Hans warf sein Bettzeug auf das Sofa und holte dann den Hundekorb. „Na komm. Hier schlafen wir heute bestimmt besser."

Und so war es tatsächlich. Der Rücken protestierte beim Aufstehen ein wenig, aber ansonsten fühlte Hans sich einigermaßen ausgeruht. Trix streckte sich ausgiebig, während er aus dem Körbchen stieg und grummelte dabei. Ein weiteres von seinem Hund verursachtes Geräusch, welches Hans heimlich liebte. Dann gähnte Trix und seine morgendliche Routine war komplett.

Hans stutzte, als er feststellte, dass es ihn fast grauste, das Schlafzimmer zu betreten. Dennoch tat er es, denn er brauchte ja seine Klamotten. Die Luft war dank des über Nacht gekippten Fensters angenehm frisch. Der eigenartige Geruch von gestern hatte sich verflüchtigt. Möglicherweise war es ja nur Einbildung gewesen. Er war seit jeher sehr geruchsempfindlich und Trix' auffälliges Schnüffeln war für ihn nach dem Stress des Umzugs und der ersten Tage bei der neuen Arbeit wohl einfach ein Anstoß gewesen, etwas wahrzunehmen, das gar nicht da war.

Seine innere Ruhe hielt gerade so lange an, wie sein Arbeitstag plus Heimweg dauerte. Als er im Begriff war, das Schlafzimmer zu betreten – er hatte Trix' Körbchen nach dem Frühstück wieder zurück an seinen gewohnten Platz geräumt –, sah er auf dem zum Teil abgelösten Teppichboden unter dem Fenster etwas liegen, das er sich eigentlich nicht genauer ansehen wollte. Gegen den mächtigen Impuls, das Zimmer auf der Schwelle gleich wieder zu verlassen, ging er wie ferngesteuert auf das bräunliche Etwas zu, das sich beim Näherkommen als ein – und damit bestätigte sich Hans' ungeheuerlicher erster Eindruck – Baby entpuppte. Ein totes menschliches Baby, bei dem der Verwesungsprozess offensichtlich in ein fortgeschrittenes Stadium eingetreten war. Und – *oh mein Gott* – hatte Trix von diesem etwas heruntergekratzt oder *genagt*? Hans war augenblicklich ganz elend zumute. Noch nie in seinem fünfunddreißigjährigen Leben war er derart entsetzt gewesen. Wie sollte er das Ding – das Kind – denn jetzt vom Boden nehmen?

Gar nicht, denn er musste umgehend die Polizei verständigen. Aber was, wenn nur ein schreckliches Unglück dahintersteckte und kein Gewaltverbrechen? Wenn der Säugling an einem plötzlichen Kindstod gestorben war und die Mutter ihn im Schock unter den Teppich gesteckt hatte? Dann musste er trotzdem die Polizei rufen. Aber wie hatte die Mutter das Kind dort hineinbekommen, sodass man fast nichts sah?

Hans hatte gerade echt nicht den Nerv, die Stelle genauer unter die Lupe zu nehmen. Wenn er jetzt die Polizei riefe – womöglich riss er damit eine entsetzliche Wunde auf und ruinierte das Leben einer jungen Frau. *Für so etwas gibt es aber trotzdem keine Entschuldigung! Hans! Wie kannst du in dieser Situation nur zögern?!* Vielleicht war es der Gedanke an seine Tante, die einige Jahre bevor er zur Welt kam durch eine Vergewaltigung schwanger geworden war und es geheim hielt, bis das Kind geboren wurde. Ob das Kind der Tante noch lebte oder nicht, wusste er nicht. Sie hatte es gleich nach der Geburt, für die sie kein Krankenhaus aufgesucht hatte, in die Säuglingsklappe gegeben. Nur ihrer Schwester, Hans' Mutter, hatte sie sich anvertraut. Hans hatte als Kind nach Besuchen bei der Tante immer seine Mutter gefragt, warum die Tante nie lache, woraufhin seine Mutter, solange er klein gewesen war, geantwortet hatte: „So ist sie halt." Als sie schließlich der Meinung war, er sei alt genug, um die Wahrheit zu erfahren, erzählte sie ihm von dem Schicksal der Tante.

Woher sollte Hans also wissen, welche Hintergründe *diese* infame Aktion hatte? *Hans, du tickst nicht mehr ganz sauber.* Er zog sich Gummihandschuhe an, holte einen Gefrierbeutel aus dem Küchenschrank und zog ihn sich über die rechte behandschuhte Hand. Mit halb zusammengekniffenen Augen und angehaltenem Atem griff er den Kopf des toten Babys und stülpte die Tüte über den winzigen Körper oder das, was davon übrig war. Hans hatte – entgegen seiner Vernunft – befürchtet, dass die Babyleiche irgendwie wabbelig oder glitschig sein könnte, so wie er als kleiner Junge davon überzeugt war, dass Ötzi, die bekannte Gletschermumie eine ebensolche Konsistenz haben musste. Wie ein rohes, aber total vergammeltes Hühnchen. Zu seiner Überraschung fühlte die Leiche sich fest an, ungefähr so, wie eine übergroße getrocknete Aprikose sich anfühlen musste. Den Beutel band er mit einem festen Knoten zu und steckte ihn in das Gefrierfach. Mit fahrigen Bewegungen zog er die Handschuhe aus und warf sie in den Müll. Er wusch sich übergründlich die Hände und rieb sich danach mit der Nagelbürste die Handflächen wund.

Wie brachte er das Schlafzimmer am besten wieder in Ordnung? *Verdammt!* Das Rollo war nicht ganz heruntergelassen gewesen, da er ja über Nacht das Zimmer gelüftet hatte. Konnte man vom Fenster gegenüber zu ihm hineinsehen? War es möglich, durch den letztlich doch kleinen Spalt etwas zu erkennen? Womöglich hatte ihn die schlanke Frau, die er gestern am Fenster gesehen hatte, beobachtet und schon die Polizei angerufen. Jeden Moment, war er mit einem Mal überzeugt, würde es läuten. Und dann durfte er sich rechtfertigen! Man würde Anzeige gegen ihn erstatten, da er ein Verbrechen vertuschen wollte. Aber handelte es sich überhaupt um ein Verbrechen? Um Mord an einem Kind? *Aber Hans, ein Kind, das aus irgendeiner anderen, ungeklärten Ursache gestorben ist, einfach unter den Teppich zu klemmen, ist auch ein Verbrechen!* Es wurde ihm flau. Seine Hände zitterten. Warum hatte er ausgerechnet in *diese* Wohnung ziehen müssen? Es gab doch mehr als genug andere, in denen keine Babyleiche in einer Ecke verfaulte.

In den darauffolgenden Tagen verließ Hans stets mit dem Gefühl die Wohnung, als liefe auf seiner Stirn ein neonfarbenes Schriftband mit den Worten *In meinem Gefrierfach liegt ein totes Baby*. Die ganze Zeit fühlte er sich beklommen. Morgens beim Kaffee, tagsüber bei der Arbeit, auf dem Heimweg, beim Abendessen. Eine willkommene Ablenkung waren seine Runden mit Trix. Da konnte er die Misere zumindest für eine kurze Zeit vergessen. Wovor es ihm entsetzlich graute, waren die Nächte. Im Schlafzimmer fühlte er sich nicht mehr wohl wegen der kaputten Stelle in der Ecke. Er hatte das

Gefühl, dass sie noch immer diesen Geruch verströmte. Da er sich nicht anders zu helfen wusste, hatte er die Stelle, an der die Babyleiche gelegen hatte, mit Wasser und Putzmittel gereinigt sowie fast ein Drittel des Inhalts einer großen Flasche Desinfektionsmittel in die Ecke gegossen. Sollte es sich ruhig bis in die Decke der Wohnung unter ihm durchätzen, dann wäre wenigstens alles Kontaminierte weg ...

Im Wohnzimmer wollte er auch nicht gerne schlafen, da es nur durch eine Schiebetür von der Küche getrennt war und er den Kühlschrank arbeiten hören konnte. Und seit das Baby im Eisfach lag, kam es ihm so vor, als arbeite er stärker, mühevoller. Wenn er den Kühlschrak öffnen musste, tat er es so vorsichtig, als handelte es sich um einen Karton voller Mäuse in einer Holzhütte. Schnell einen Joghurt raus. Oder die Eierschachtel. Schnell wieder rein. Noch schneller zu. Er konnte die Lebensmittel aus seinem Kühlschrank nicht einmal mehr mit Appetit essen. Bald würde er durchdrehen. Aber *jetzt* konnte er doch nicht mehr zur Polizei gehen! Und was, wenn der junge Mann vom Pizzataxi irgendetwas wusste? Er hatte zwar dezent, aber doch merklich in die Wohnung gespäht. Oder sah Hans inzwischen schon Gespenster?
  Ständig sah Hans das Baby vor sich, das so ungesund braun angelaufen war. Es war ein Alptraum. Aber das Erwachen blieb aus, der Wecker klingelte nicht, stattdessen immerhin das Handy. Er war gerade beim Abendbrot. Es

war Ingrid. Sie würde sicher weiter bohren, weshalb er so „komisch" sei. Gott, was sollte er sagen?

„Ingrid."

„Hans! Ich habe dreimal versucht, dich anzurufen! Ist alles in Ordnung?"

„Klar, alles okay."

„Was war denn da letztens, als wir gesprochen haben? Da hast du so ... *abwesend* gewirkt."

„Nichts. War nur ein bisschen müde von der Arbeit."

„Aber du klingst auch jetzt wieder so ... *gedämpft*."

Er überlegte. Angestrengt.

„Hans?"

„Äh – ja. Ich bin noch dran."

„Wann sehen wir uns mal wieder, Hans?"

Wenn sie zu ihm kam, würde unweigerlich auch das Gefrierfach betätigt werden, da sie, wenn sie länger als einen halben Tag bei ihm war, immer für ihn kochte und einen Teil davon einfror. *Damit du gut durch die nächsten Tage kommst.* Musste er jetzt wirklich wegen diesem Scheiß ...

„Hans!"

„Ja, Schatz?"

„Wann sehen wir uns!?"

„Ähm, weißt du, Schatz, ich bin momentan, fürchte ich, keine gute Gesellschaft. Die neue Arbeit fordert ihren Tribut ... Und die Wohnung ist auch noch nicht richtig aufgeräumt."

„Aber wir können doch ganz entspannt fernsehen, wenn du müde bist und das Chaos in der Wohnung habe ich doch auch schon gesehen. Hans, ich merke, dass da was nicht stimmt."

Er hatte schon geahnt, dass er ganz schlechte Chancen gegen Ingrids sechsten Sinn haben würde.

„Hans?"

„Hm."

„Was verschweigst du mir?"

„Ich? Nichts!"

„Du machst mir nichts vor, Hans!"

Ach du Scheiße ...

„Wenn du eine andere hast, dann sag's mir gleich! Ohne Drama!" Ihre Stimme zitterte.

Ohne Drama. Hans dachte, dass es ihm eigentlich etwas ausmachen sollte, als ihm durch den Kopf schoss, dass er *froh* gewesen wäre, wenn nur *das* das Problem gewesen wäre.

„Ich hab' keine andere", leierte er mühevoll in sein Handy. „Da kannst du sicher sein."

Tatsächlich – er konnte es kaum glauben – schien sie dies ein wenig zu beruhigen, denn sie klang wieder ziemlich gefasst, als sie sagte: „Aber dann sag mir endlich, was los ist."

„Es ist nichts. Das musst du mir glauben." Er fühlte sich miserabel, als er hinzufügte: „Und jetzt leg dich ins Bettchen und träum was Schönes."

Hans' psychischer Zustand verschlimmerte sich zusehends, was ihm durchaus bewusst war. Bei der Arbeit zitterten seine schweißkalten Finger erbärmlich. Seine Kollegin und sein Kollege waren gleichgültig genug, dies vorerst nicht wahrzunehmen oder zumindest so zu tun. Einige furchtbare Tage und Nächte krochen vorüber. Hans war ausgelaugt. Er ging nicht einmal mehr an sein Handy, wenn Ingrid anrief, was bewirkte, dass die Zahl ihrer Anrufe sich gefühlt halbstündlich vervielfachte. Hans wurde so durchsichtig wie ein Geist. Der Gedanke an die Leiche im Eisfach nagte an ihm, saugte sich wie ein Vampir mit seiner Lebensenergie voll, um diese dann gegen ihn zu richten, indem er in ihm einen furchtbaren Gewissenskonflikt erzeugte. Inzwischen war in ihm der Gedanke an die ihm unbekannte Person aufgekommen, die das Kind aller Wahrscheinlichkeit nach vermisste. Vielleicht der Vater des Babys. Oder die Mutter. Vielleicht war das Kind nicht von der Mutter, sondern vom Vater oder einem anderen Familienmitglied umgebracht worden? Wieso war er automatisch davon ausgegangen, dass, falls das Kind ermordet wurde, dies durch die Hand der Mutter geschehen war? Aber wenn er jetzt zur Polizei ginge ... Wie sollte er den Umstand erklären, dass er das nicht umgehend nach dem Fund getan hatte?

Es war ein verschneiter Vormittag. Auf dem Weg zur Straßenbahn rutschte Hans aus und setzte sich auf den Hosenboden. Bei der Arbeit war er inzwischen dermaßen nervös, dass seine fahrigen Bewegungen nun doch zumindest der Kollegin auffielen. „Nicht so gut geschlafen, wie?" Auf dem Heimweg, wiederum in der Straßenbahn, begegnete er mehr als einem

Augenpaar, das ihn mit vorwurfsvollem Blick zu fixieren schien. Nur im ersten Augenblick war er erleichtert, an seiner Haltestelle aus der Bahn steigen zu können. Dann wurde er eiskalt von dem Gefühl heimgesucht, dass er es nicht schaffte, zu seiner Wohnung zu gehen. Eher würde er sterben. Er würde sich ein Hotelzimmer nehmen müssen oder sich die Nacht in einer Bar um die Ohren schlagen. Und morgen würde er dann irgendwie ... handeln müssen. Sein Rücken fühlte sich unangenehm klamm an und kühlte aus. Er fröstelte.

„Hans!"

Er drehte sich um und blickte in das Gesicht von Ingrid. Es war gerötet von der scharfen Abendluft.

„Da bist du ja! Warum, verdammt noch mal, gehst du nicht mehr an dein Handy?!", brauste sie auf, doch dies schien ihr offenbar nicht wichtig genug, um sich länger daran festzubeißen. „Ich muss dir was sagen." Sie war außer Atem und ganz aufgeregt. Hans war gerade völlig überfordert und hatte das Gefühl, der Boden gebe unter ihm nach, obwohl Ingrid noch gar nichts Weiteres gesagt hatte.

„Ich bin schwanger."

Er verspürte einen Krampf im Magen, sah das halb verweste Baby vor sich, schreiend. Seine Zunge war schwarz, sein Gaumen auch. Er schaffte es gerade noch, einen Schritt zur Seite zu gehen, und erbrach sich unter eine Straßenlaterne. Wie sollte Ingrid ihm diese Reaktion jemals verzeihen ... Er spürte eine Hand auf seinem linken Unterarm.

„Habe ich doch gewusst, dass was nicht stimmt."

Elend wankte er an ihrer Seite den Gehsteig entlang.

„Wir gehen jetzt zu dir und dort erzählst du mir alles – was immer es ist."

Ingrid wird eine Fehlgeburt erleiden, dröhnte es durch die Windungen seines gepeinigten Hirns. Nun, da er seiner Freundin in wenigen Minuten von dem Fund in seiner Wohnung würde erzählen müssen, führte kein Weg mehr daran vorbei, zur Polizei zu gehen. Dafür würde Ingrid schon sorgen. Wenn er – falls er Glück hatte – mit einer Bewährungsstrafe davonkäme, wäre er doch für den Rest seines Lebens aktenkundig und, was viel schlimmer war, die ganze Geschichte stellte seine bevorstehende Rolle als Vater in Frage ... Wie sollte er für sein Kind sorgen, falls er hinter Gitter kam? Und wer kümmerte sich um Trix?

Seiner Freundin am Küchentisch gegenübersitzend, pulte Hans an seinen Fingernägeln herum.

„Ingrid, ich – also Trix – hat ein Baby unter dem Teppichboden gefunden."

„Bitte?!"

Er ging zum Kühlschrank – was ihn schon einige Überwindung kostete –, öffnete die Tür und zog zitternd die Eisschublade weit genug heraus ...

Ingrid, die neben ihn getreten war, presste sich beide Hände vor den Mund. Dann – Hans war es ein Rätsel, wie sie das schaffte – fasste sie sich, holte tief Luft und sagte: „Okay. Wir lassen das Baby verschwinden."

Sie hatte es schon oft geschafft, Hans zu verblüffen, aber … ihm wurde schon wieder ganz komisch zumute und lauter kleine, sich rasant vermehrende schwarze Pünktchen zersetzten sein Gesichtsfeld.

Wie immer deutete Ingrid seinen Gesichtsausdruck richtig und erklärte, mit einem Auge zwinkernd: „Die Gelassenheit der Schwangeren."

Der Hund Paco

Der Hund Paco stand verunsichert und aus Nervosität mit der Rute wedelnd an der Auffahrt, als die Polizisten sein Herrchen mitnahmen. Alles Bellen, Knurren und Winseln half nicht. Als die Autotüren zugeknallt wurden, fiepte er. Offenbar nahmen sie ihn nicht wahr.

Zwei Männer, die keine Uniform trugen, hatten vorhin wie selbstverständlich das Haus betreten. Dem Hund war das natürlich nicht entgangen. Er konnte selbst von hier draußen genau hören, in welchem Raum und welcher Ecke davon sie sich gerade aufhielten und was sie dort taten. Die Tür des Badezimmerschrankes, die Schublade mit den Rechnungen in der Küche, der Deckel des Kochtopfes, in dem Herrchen am Morgen Wasser aufsetzte – alles vertraute Geräusche. Und dennoch klangen sie anders, wenn sie nicht vom Herrchen verursacht wurden.

Es zuckte heftig in Pacos Gliedern, bevor er mit einem Satz die Stufen zur Eingangstür hinaufsprang und in die Küche stürmte, wo einer der Knilche gerade alles auf den Kopf stellte. Paco wollte Anlauf nehmen, sich auf ihn stürzen, aber seine Pfoten rutschten auf den Fliesen weg, sodass er überhaupt nicht von der Stelle kam, obwohl er mit allen Vieren wie wild ruderte. Das war – hätte jemand darauf geachtet – schon ein groteskes Bild. Der Mann schien den Hund aber kaum zu bemerken. Er drehte sich nur einmal kurz um und vertiefte sich dann wieder in seine Sucherei. Paco hetzte in nervösen Sätzen die ein Stockwerk höher führende Treppe zur Hälfte hinauf und prallte dabei beinahe gegen den anderen Typen. In dem Moment, in dem er ihm kräftig in die Eier beißen wollte, verfehlte der Mann eine Stufe und polterte die Treppe hinunter, was Paco wiederum aufgrund des höllischen Lärmes zusammenfahren ließ. Aus einem Impuls heraus machte auch er kehrt und stupste den am Fuß der Treppe liegenden Mann mit der Nase an. Mühsam rappelte dieser sich auf, ächzte und stöhnte. Paco fiel wieder ein, was er eigentlich vorgehabt hatte, und spreizte, zum Absprung bereit, seine Vorderbeine, indem er mit seiner vorderen Rumpfhälfte nach unten tauchte. Ins Gesicht würde er ihm springen, mit voller Wucht.

„Verpiss dich!", spie der Typ in seine Richtung.

„Der gehört sowieso eingeschläfert", grollte der andere aus der Küche.

Auch wenn Paco nicht verstand, was „einschläfern" bedeutete, sagten ihm sein Instinkt sowie der Tonfall des Mannes, dass er so schnell wie möglich abhauen sollte. Im nächsten Augenblick war er schon am Tor.

Mit der Nase wenige Millimeter über dem Asphalt, fand er sofort die nach Gummi stinkende Reifenspur des abgefahrenen Polizeiautos und folgte dieser hochkonzentriert. Als Autos aus beiden Richtungen angerauscht kamen, sprang Paco auf den Bürgersteig. Der Gummigeruch war so penetrant, dass er ihm auf dem Gehweg laufend genauso gut folgen konnte. Wo war sein Herrchen? Was machten sie nur mit ihm? Sein Herrchen tötete oft andere Menschen. Paco hatte noch nie einen Menschen getötet. Warum sollte er etwas Derartiges auch tun? Bisher waren fast alle Menschen, die ihm in seinem siebenjährigen Hundeleben begegnet waren, gut zu ihm gewesen. Womöglich hatte sein Herrchen im Gegensatz zu ihm Pech gehabt mit anderen Menschen, sonst würde er sie bestimmt nicht töten. Eine Frau lag noch immer im Garten hinter dem Haus vergraben. Inzwischen war nichts mehr von ihrem Fleisch und den Organen übrig, alles war von den Würmern verzehrt worden. Es war an jener Stelle kein Verwesungsgeruch mehr für ihn wahrzunehmen. Zumindest kein nennenswerter.

Je weiter die Fährte in die Innenstadt führte, desto öfter musste Paco Passanten ausweichen. Niemand nahm groß von ihm Notiz, was günstig für ihn war. Nach einer Weile änderte sich die Umgebung von einem umtriebigen Gewusel zu einer trostlosen Leere. Paco schoss der Geruch von Müll oder Erbrochenem in die Nase. Beides mochte er. Daher lenkte ihn so etwas auch furchtbar schnell von seinem eigentlichen Vorhaben ab. Er bündelte seine Konzentration und folgte einzig und allein der unsichtbaren, aber geruchsintensiven Gummispur. Trotz Erschöpfung würde er bis morgen so weiterlaufen, wenn es sein musste.

Seine Suche wurde jäh unterbrochen, als er mit der Nase gegen ein Gitter stieß. Die Gummispur ging eindeutig hinter dem Tor weiter. Paco konnte weder darunter durchschlüpfen noch darüber hinwegspringen. Er steckte seine Nase, in der unvorstellbar viele Muskeln arbeiteten, zwischen zwei Stäbe hindurch und versuchte äußerst angestrengt den Geruch seines Herrchens aufzuspüren. Es gelang ihm nicht. Die Fenster des unsympathischen Kastens waren alle geschlossen, sodass es unmöglich war, einen in seinem Innern befindlichen Menschen zu erschnuppern. Zudem waren seine Mauern so dick, dass keine Geräusche nach außen an Pacos Ohren drangen.

Es wurde dämmrig. Paco starrte noch immer durch die Stäbe, abwartend. Er hatte seine Rute zwischen die Hinterläufe geklemmt. Schließlich blieb ihm, nachdem er ein wenig an der Mauer entlanggestromert war, nichts anderes übrig, als sich in einer dunklen, unbeleuchteten Ecke zusammenzurollen und zu ruhen. Während seine runden, hellbraunen Äugelchen geschlossen waren, wachten und zuckten seine Ohren sowie seine Nase die ganze Zeit. Autos mit wummernder Musik rauschten vorbei, sodass der durch die Geschwindigkeit erzeugte Luftzug feine Schmutzpartikel in sein Fell blies. Wenn sein Herrchen nicht bald auftauchte, würde er womöglich verwahrlosen und zu einem dieser gammligen Straßenköter werden. Dann könnte er sich mit denen um den in den Grünstreifen liegenden Müll fetzen.

Da ging mit einem ohrenstrapazierenden Quietschen das Tor auf und ein Auto, welches nervös und in zeitlichen Intervallen grelles Licht durch die Gegend schleuderte und noch dazu fürchterlich jaulte, rollte auf die Straße und brauste davon. Es bog in die Richtung ab, aus welcher Paco gekommen war. War darin etwa sein Herrchen? Brachten sie ihn nach Hause? Paco sprang auf und rannte so schnell er konnte los. Sein Fell und seine seitlich heraushängende Zunge schlugen Wellen, so sehr rannte er. Dass die Fahrer der Autos, denen er vor die Kühler lief, es rechtzeitig schafften abzubremsen, war pures Glück.

Als er das Haus erreichte, hätte die Enttäuschung nicht größer sein können. Da war kein Auto. Und auch kein Herrchen. Paco schnüffelte ratlos am Fuß einer Laterne, die unzählige Male markiert worden war – und das keineswegs nur von Hunden. Er würde wohl einfach die Stellung halten, bis sein Herrchen irgendwann zurückkam. Niedergeschlagen und mit gesenktem Kopf ließ er sich auf der abgewetzten Fußmatte nieder. Die Idioten hatten alles mit gestreiftem Band abgesperrt und umwickelt. Kam auch nur ein kleiner Windstoß, gab das Zeug ein Schnarren von sich, das Paco jedes Mal aufschrecken ließ.

Der Morgen graute und Pacos Hundemagen

knurrte. Er folgte seiner Nase zu irgendeiner gärenden Mülltonne. Die seines Herrchens war nämlich aus unerfindlichen Gründen nicht mehr da. Doch die Tonne, welche er aufspürte, gab trotz des scharfen Geruchs kaum etwas her. Es dauerte aber nicht lange, bis er eine fallen gelassene Tüte Pommes fand. Er verschlang alles, einschließlich einiger aufgeweichter Fetzen Papier. Das reichte fürs Erste. Auf dem Rückweg schlabberte er noch aus einer Pfütze etwas trübes Wasser.

Noch bevor er die Auffahrt erreichte, roch Paco die Fremden auf dem Grundstück. Sie waren wieder da, die zwei Knilche und noch ein paar andere Menschen. Die brauchten ihn nun wirklich nicht zu entdecken. Paco pinkelte, nachdem er sich ausreichend weit entfernt hatte, gegen einen großen Baum am Straßenrand und legte ein paar Meter weiter einen Haufen auf den Grünstreifen.

Er lief noch einmal zu dem monströsen Kasten mit den dicken Mauern und den geschlossenen Fenstern. Dort harrte er aus, bis er wieder Hunger bekam und davon getrieben durch die Stadt streunte. Manchmal steckte ihm immerhin ein freundlicher Mensch irgendetwas zu. In einem Hinterhof legte er sich mit einem hängebäuchigen Basset an und ging aus der Auseinandersetzung, wie er vorher schon abgeschätzt hatte, siegreich hervor. Das brachte ihm einen schönen Brocken Hühnerfleisch ein. Gegen Abend suchte er wieder das Haus seines Herrchens auf und legte sich auf die Fußmatte.

Am nächsten Tag wiederholte sich dieser Ablauf und am übernächsten auch. So ging es weiter, bis die Blätter von den Bäumen fielen und der Wind kühler blies. Mittlerweile war Pacos mittellanges, schwarzweißes Fell total verfilzt und sein linkes Ohr juckte fürchterlich. Andauernd musste er sich mit der Hinterpfote kratzen, wodurch es aber keineswegs besser wurde. Er konnte er ein schrilles Quietschen nicht unterdrücken, wenn er sich dort kratzte, denn das Ohr war innen schon ganz verkrustet. Zu allem Überfluss zog er sich auch noch einen Bandwurm zu, der an seinen Reserven zehrte.

Irgendwann, er musste vor Erschöpfung auf der Fußmatte eingeschlafen sein, packte ihn jemand grob am Halsband und zwang seine Schnauze in einen durchlöcherten Topf. Er konnte sich nicht von dem Ding befreien, so sehr er es auch mit seiner Pfote abzustreifen versuchte. Mehrere Flüche des wütenden Menschen später fand er sich im Kofferraum eines Autos wieder. Brachte man ihn jetzt vielleicht zu seinem Herrchen? Wurde er für sein Warten doch noch belohnt? Die Fahrt dauerte eine Ewigkeit. Paco wurde schlecht durch das Hin- und Hergeschaukel und er würgte das Wenige, das er noch im Magen hatte, hervor. Als das Auto irgendwann anhielt und die Klappe des Kofferraums sich öffnete, zögerte er hinauszuspringen. Er legte die Ohren an und blinzelte unsicher gegen die Sonne. Ein Auge bekam er nur zur Hälfte auf, so verklebt war es. Nicht einmal ein Hauch des vertrauten Geruchs seines Herrchens lag in der Luft und auch sonst roch und klang alles fremd.

„Mach schon!", pflaumte ihn einer der zwei Typen an – es waren tatsächlich zwei, wie Paco erst jetzt bemerkte – und zog äußerst unsanft an seinem Halsband. Der Hund machte einen Satz aus dem Wagen und stand auf wackligen Beinen und mit eingeklemmter Rute wie vom Donner gerührt da. Plötzlich hielt der andere Kerl ihm irgendetwas Eckiges vor das Gesicht und dann blitzte es. Paco sah nur noch bunte Punkte.

Sie lotsten ihn in ein Ding, das aus lauter Stäben bestand, welche längs und quer verliefen. Es roch nach Urin und altem Kot. Er hatte die unheilvolle Ahnung, dort so bald nicht mehr rauszukommen. Es gab neben ihm mehrere Hunde, die alle in einem solchen Ding eingesperrt waren. Argwöhnische Tiere, die mit ihren zuckenden Nasen in seine Richtung wiesen.

Die Tage vergingen, ohne dass sich einer vom vorherigen abgrenzte, lange Zeitspannen und kurze ließen sich bald nicht mehr unterscheiden. Alles war eins. Alles war nichts. Einige Hunde wurden von Menschen mitgenommen und kamen nicht wieder. Andere blieben. Denen wurde so gut wie keine Aufmerksamkeit zuteil. Paco gehörte zu denen, die blieben und die anderen kommen und gehen sahen. Ihm kam extrem *viel* Aufmerksamkeit zu. Jedoch handelte es sich um keine wohlwollende, freundliche Art von Aufmerksamkeit, wie er sie kannte, sondern um eine bösartige, aggressive. Dauernd blitzte es und dann waren da noch diese lauten und hektischen Stimmen. Kinder krakeelten: „Ist das der Hund von dem Mörder?" Erwachsene starrten durch die Stäbe und nahmen eine Abwehrhaltung ein, wenn Paco seine Nase hindurchsteckte. „Greift ja nicht durch das Gitter!", wiesen sie die Kinder an. Paco fragte sich, warum ihn offenbar niemand mehr mochte. Solange er bei seinem Herrchen gewesen war, hatten ihn immer alle streicheln wollen und oft hatte er ein Leckerli zugesteckt bekommen. Das hatte sich radikal geändert. Selbst die Kinder wichen vor ihm zurück. Sein Herrchen musste unbedingt kommen, damit alles wieder normal würde. All diese Menschen, die ihn zwar sehen, aber nicht in näheren Kontakt mit ihm treten wollten ... Noch nie war Paco so verwirrt gewesen.

Irgendwann hieß es: „Der da muss auch noch entwurmt und geimpft werden."

„*Den da*? Impfen? Das lohnt sich nicht!"

„Aber er ist eine gute Einnahmequelle für uns und wenn wir ihn behalten, müssen wir sicherstellen, dass er die anderen nicht mit irgend'ner Seuche ansteckt."

Paco verstand das alles nicht so richtig. Der Tonfall wirkte jedenfalls alles andere als wohlwollend. Bald wurde die Tür von dem Ding, welche ebenfalls aus Stäben bestand, aufgerissen, jemand packte ihn und rammte ihm zweimal etwas Spitzes in den Nacken und wollte sofort wieder verschwinden. Da sah Paco für sich eine Gelegenheit, er quetschte sich an den Beinen des Mannes vorbei zum angelehnten Tor, wo ein anderer Kerl Anstalten machte, ihn zurückzudrängen. Dieser trug dicke Arbeitshandschuhe, aber Paco gelang es, vorzuschießen und ihn kräftig in seinen Unterarm zu beißen. Der Mann winselte und wich zurück, Paco spurtete los, stieß jemanden, der durch das Haupttor kam, um und rannte und rannte und rannte, bis er plötzlich ganz deutlich den Geruch seines Herrchens wahrnahm. Dort – der Geruch kam aus dem Auto. Das Beifahrerfenster war unten.

„Paco!" Er erkannte er die Stimme seines Herrchens und sah für einen Wimpernschlag dessen Umriss in einem der Rückfenster. Paco konnte das Auto natürlich nicht einholen, aber er würde der Gummispur folgen und mit einiger Verzögerung auch das Ziel erreichen.

Das Ziel war ein Kasten mit dicken Mauern und geschlossenen Fenstern, ebenso unsympathisch wie der Kasten, den er bereits kannte. Wieder ging die Gummispur hinter dem geschlossenen Gitter weiter. Paco erkannte, dass er auch dieses Mal bei der Suche nach seinem Herrchen leer ausgehen würde, und fiepte mehrmals kurz hintereinander.

Wenn er sich schon mit einem Leben auf der Straße abfinden musste, dann wenigstens so nah wie möglich bei seinem Herrchen. So trieb er sich in jenem Stadtteil herum, in welchem

sich der zweite dickmaurige Kasten befand –
die Menschen nannten ihn „das Gefängnis mit
Todestrakt". Er lebte zum Teil von dem Inhalt
von Mülltonnen, zum Teil von achtlos auf den
Asphalt fallen gelassenen Lebensmitteln,
manchmal schnappte er einem Kind ein Bröt-
chen aus der Hand. Seinen Durst stillte er mit
dem Schmuddelwasser von Pfützen oder Brun-
nen, deren Innenseiten mit glitschigen Flech-
ten überzogen waren. Letzteres war eher bei
Nacht möglich, da es dann in der Stadt ruhiger
war, die Menschen schlechter sahen und niemand so schnell auf ihn aufmerksam wurde.
Es war tatsächlich schon öfters vorgekommen,
dass Menschen, wenn sie ihn bemerkten, aus-
riefen: „Das ist doch der Hund von dem Mörder!" Dabei zeigten sie mit dem ausgestreckten
Zeigefinger auf ihn und Paco rannte so schnell
er konnte davon. Jeden Tag schlich er sich in
die Nähe des Kastens mit dem Gittertor, dabei
ständig darauf bedacht, nicht entdeckt zu werden. Ein deutliches Misstrauen gegenüber der
Menschen hatte sich in seine Seele geschli-
chen.

An einem klaren Vormittag wurde der dickmaurige Kasten geöffnet. Paco hatte seit dem
frühen Morgen von einer schattigen Seiten-
gasse aus eine stetig wachsende Menschenan-
sammlung beobachtet. Einige trugen Schilder
mit sich, doch die Zeichen darauf sagten Paco
nichts. In dem Stimmengewirr tauchte immer
wieder eine Reihung von Lauten auf, die wie
der Name seines Herrchens klang. Außerdem

sagten sie immer und immer wieder: „Mörder."
Paco wusste nicht, was „Mörder" bedeutete,
aber er hatte mitbekommen, dass das Wort immer in Zusammenhang mit seinem Herrchen
fiel. Vielleicht bedeutete „Mörder" in Menschen-
sprache auch einfach „Herrchen". Als das Gitter sich irgendwann öffnete, strömten die Menschen sofort ins Innere des Kastens. Paco
wollte ihnen folgen und sich unter sie mischen
– aber nein, sie würden ihn sofort entdecken
und wieder in dieses schreckliche Ding sper-
ren, in welchem sie ihn schon einmal fast hätten verhungern lassen.

Nachdem der Pulk vom Kasten verschlungen
worden war, folgten noch einzelne Menschen
nach. Dann tat sich ziemlich lange nichts
mehr. Es war sogar ungewöhnlich still.
Schließlich drängte die Menge wieder aus dem
Monstrum heraus, wobei viele von ihnen hoch-
erfreute Laute von sich gaben, was seltsamerweise etwas Aggressives in sich barg. Wie auch
immer, bestimmt ließen sie sein Herrchen jeden Moment frei – deswegen freuten sie sich
alle so. Ganz bestimmt – als Letzter würde er
aus dem Kasten kommen und Paco würde ihn
auf dem Gehsteig schwanzwedelnd und freu-
dig fiepsend erwarten.

Als der Menschenstrom abgeebbt war, kam
von der Straße ein langgezogenes, schwarzes
Auto. Es rollte durch das Tor, welches darauf-
hin geschlossen wurde. Paco starrte durch das
Gitter. Aus einer Tür, die aus dem Kasten in
den Hof führte, kamen zwei Männer, die etwas

trugen, das die Länge eines weiteren Mannes hatte. Das Ding war in Stoff oder in etwas anderes gehüllt und lag auf einem flachen Gegenstand. Ein Lufthauch fand den Weg in Pacos Nase. Das war der Geruch seines Herrchens, unverkennbar! Aber unter diesem Geruch lag noch etwas anderes, vielmehr wurde dieser Geruch von einem anderen umhüllt, nein, der andere Geruch schien *aus* dem Geruch seines Herrchens zu kommen, mit ihm bereits eins geworden zu sein. Paco hatte etwas Ähnliches schon einmal gerochen und zwar hinter dem Haus, im Garten, wo die Frau vergraben war. So roch der Tod. Und die Angst. Der Tod roch oft auch nach Angst. Jetzt wusste Paco, er konnte sein Herrchen nicht mehr retten. Es ergab keinen Sinn mehr, länger zu warten. Aber die Freude der vielen Menschen, er hatte die Freude riechen können ... Allerdings auch die Aggression. Und extreme Anspannung. Sein Herrchen. Der Tod. Angst. Freude.

Das war zu viel und für Paco unbegreiflich. Er lief. Er lief, bis die Abstände zwischen den einzelnen Häusern größer wurden, bis ganze Wiesen dazwischen lagen, größere Wiesen und noch größere. Und schließlich kam der Wald. Irgendwann waren da nur noch Bäume und noch mehr Bäume.

Wo ist Paco, der Hund des exekutierten Mörders, lauteten die Schlagzeilen. Oder: *Paco zuletzt am Stadtrand gesehen*. Dazu ein verwischtes Foto von einem schwarzweißen, eigentlich eher grauen Schatten, der theoretisch alles darstellen konnte.

Das Ende der Geschichte wurde jedoch niemals von den Medien ausgeschlachtet, da diese keinen Zugang zu ihrem Schauplatz fanden. Paco hatte nämlich nach einiger Zeit des Herumstreunens einen neuen Seelenverwandten gefunden. Es war ein Mensch, obwohl Paco nie wieder etwas mit Menschen zu tun haben wollte. Dieser Mensch jedoch hatte sich, wie Paco, von den anderen Menschen zurückgezogen und lebte äußerst bescheiden in einer kleinen Hütte mitten im Wald. Der Mensch wusste sehr wohl, dass Paco der Hund des berühmtberüchtigten Frauenmörders war, aber das war ihm völlig gleichgültig. Er hatte nie einen treueren Gefährten gehabt. Niemand wusste und würde je erfahren, wo der Hund Paco jetzt lebte.

Theatereröffnung

Die Menschenmenge drängt sich zäh durch die Pforten in den Theatersaal, der sofort von einem monotonen Stimmengewirr erfüllt ist. Schon jetzt ist es total stickig. Die besten Plätze sind für die hohen Tiere reserviert, die fleißigen Sponsoren. Steht jemand hinten im Saal, der Bühne zugewandt, kann er sehen, wer in den Logen sitzt. Rechts oben haben sich inzwischen der Bürgermeister, dessen Vize und Klausmann, der Chef des größten Bauunternehmens aus der Umgebung, eingefunden. Links oben sitzen ein paar Vorsitzende verschiedener größerer Vereine. Die Köpfe der Herren in den Logen sind entweder blank oder grau und unterscheiden sich daher wenig von den Köpfen in den Sitzreihen. Die Damen tragen überwiegend Hochsteckfrisuren, wobei dort eine wesentlich größere Farbenvielfalt zu verzeichnen ist. Alles, bis auf die kalt leuchtenden Displays der Smartphones, ist von zeitloser Eleganz und hätte auch vor hundert Jahren so vorgefunden werden können.

Der Saal ist schon fast voll, da taucht in einer der Doppeltüren eine hochgewachsene, schlanke Gestalt auf. Der Platzanweiser wendet sich nach einem kurzen Blick in das Gesicht der Person beschämt ab, zeigt ihr aber dennoch mit dem gestreckten Arm eine Richtung an. Die Person nickt kurz und schreitet in den Saal. Die in Türnähe Sitzenden blicken automatisch in die Richtung, in der es in dem sonst schon deutlich ruhigeren Saal noch eine Bewegung gibt. Den Gesichtern entgleiten die Züge, bevor sich in ihnen entweder Schrecken, Bestürzung, Scham oder alles gleichzeitig zeigt. Das Weiß des rechten Auges der jungen Frau sticht beinahe unheimlich aus dem riesigen, schwarzen Bluterguss, der sich rund um das Sehorgan ausdehnt, hervor. Auch an ihrer Unterlippe ist etwas Schwarzes, das bestimmt kein Piercing ist. Die Leute, die am Rand sitzen, wo sie gerade vorbeigeht, können die geklammerte Stelle über ihrem rechten Auge erkennen. Wie kann die denn in *dem* Zustand zu einer solchen Veranstaltung kommen?!

Die junge Frau schreitet langsam die Stufen hinab und nimmt tatsächlich auf einem Sitz in der ersten Reihe Platz! Sie spürt die Blicke auf ihrem bloßen Nacken kleben und gierig wie unwissend über ihr dunkles, hochgestecktes Haar tasten. Wie zufällig lässt sie ihren Blick nach rechts oben gleiten. Aus ihrer Perspektive kann man nur die Stirn und Augenpartie der dort sitzenden Personen erkennen.

Dem Bauunternehmer bleibt die Luft weg. Jetzt grinst ihn das Miststück auch noch hämisch an. Ein Glück, dass niemand etwas von ihnen weiß, sonst wäre jetzt die Hölle los. Der Vizebürgermeister, der zu seiner Linken sitzt und sich über die hektischen Flecken auf den Wangen seines Sitznachbarn wundert, fragt, ob mit ihm alles in Ordnung sei.

„Natürlich", antwortet der.

„Das ist ja eine interessante Dame", bemerkt der Bürgermeister mit Blick nach unten durch das Geländer.

Die Veranstaltung verläuft, wie man es von einer Veranstaltung dieser Art erwartet, mit viel Blabla und Danksagungen und Applaus. Groß gedankt wird dem Bürgermeister, dem Vizebürgermeister, diesem und jenem und nicht zuletzt dem Bauunternehmer Klausmann, ebenfalls Großsponsor bei der Theatersanierung. Es sprechen der pensionierte Theaterdirektor, die Direktorin des Theaters soundso und schließlich der neue Theaterdirektor, ein junger Mann, der aussieht wie frisch von der Uni.

Die junge Frau mit dem Bluterguss rings um ihr rechtes Auge hat feuchte, kalte Hände, aber zweifelt trotzdem nicht daran, dass das, was sie gleich tun wird, richtig ist.

Der neue Theaterdirektor kündet Annika L. an, die zur Auflockerung ein Einpersonenstück darbieten werde. Die junge Frau steht auf, rafft ihr langes, schwarzes Kleid und steigt die paar Stufen zur Bühne hinauf. Eine durchaus elegante Erscheinung, wäre da nicht dieses Auge! Der Theaterdirektor scheint dies erst jetzt zu bemerken, wie seine kurz außer Kontrolle geratende Mimik verrät. Eigentlich hätte ihm das doch gleich seltsam vorkommen müssen – eine Darstellerin für ein Einmannstück, die sich erst einen Tag vor der Veranstaltung telefonisch ankündigt, sich eine Viertelstunde der Veranstaltungszeit erbittet und von der er noch nie zuvor etwas gehört hat ... Und passend für eine derartige Darbietung gekleidet erscheint sie ihm in dieser Robe irgendwie auch nicht ...

Jetzt hält sie mit beiden Händen das Mikrofon und sagt – nur einen Satz: „Einen ganz persönlichen Dank richte ich an Herrn Klausmann, dessen Geliebte ich bis vorgestern Abend war und der dafür gesorgt hat, dass ich heute Abend ein solcher Blickfang bin." Ein entrüstetes Gemurmel bricht los, der neue Theaterdirektor erstarrt im hinteren, abgedunkelten Bereich der Bühne zur Säule. Annika L. steht noch immer im Lichtkegel und lässt ihren Blick schweifen, beobachtet die in Wallung kommende Menschenmenge, blickt hinauf, wo die Herren Bürgermeister, Vizebürgermeister und Bauunternehmer Klausmann sitzen. Das Licht ist nur leider so ungünstig, dass sie keines der Gesichter erkennen kann, alle zeichnen sich lediglich als dunkle Schemen vor einem noch dunkleren Hintergrund ab. Dabei würde es sich durchaus lohnen, das Mienenspiel von Klausmann zu betrachten, der fast hyperventiliert und dem der kalte Schweiß über die Stirn perlt. Eine ungute Stille liegt über dem Saal, nachdem die Leute sich die Hälse verrenkt haben nach Klausmann und Annika L. Jetzt traut sich niemand, auch nur zu hüsteln.

Annika L. steigt mit Bedacht die Stufen hinab

in den Publikumsraum und verwandelt sich, aus dem Scheinwerferlicht herausgetreten, in einen gesichtslosen, schwarzen Schatten. Da der Höhepunkt des Abends, meine Damen und Herren, somit vorbei ist, hört auch niemand mehr den wiederaufgenommenen Lobgesängen auf alle an der Theatersanierung sowie -eröffnung Beteiligten zu.

Nach der Veranstaltung gibt es, wie zu erwarten, nur noch ein Thema: den Auftritt der Annika L. Morgen wird auf den Titelseiten der Tages- und Wochenzeitungen sicherlich die Hölle los sein. Die Schlagzeilen sieht man schon vor sich. Im Nullkommanichts wird so eine Karriere den Bach runtergespült, aber nein, nicht aufregen, was hat eine Annika L. schon in der Hand?

Über Nacht erlangt das Frauengesicht mit dem Veilchen, welches sich als dicker Klatschen Druckerschwärze durch das spröde Zeitungspapier frisst, traurige Berühmtheit. Auch in Radio und Fernsehen wird von der Theatereröffnung und deren unerwarteter Wendung berichtet. Sogar in die internationale Berichterstattung schafft es diese Geschichte. So etwas hat die Welt noch nicht gesehen – ist das zu fassen? Zahlreiche Journalisten melden sich noch Wochen nach dem Ereignis bei Annika L., die inzwischen alleine in einer kleinen Wohnung lebt – wie schafft sie das jetzt auf einmal –, und bitten sie um ein Interview. Sie sagt zu allen, sie sei das, was ihr auf der Seele gelegen habe, bereits losgeworden und habe kein

Interesse an Medienrummel. Es dauert dennoch nicht lange, bis an die Öffentlichkeit gelangt, dass es einen Prozess geben wird.

Die Zeitung färbt einem die Finger schwarz und riecht streng. Man muss sich die Hände waschen, bevor man ein hellgepolstertes Sofa anfasst. Wer ist diese Annika L.? Ein Relikt aus der Zeit von vor fünfzig, vor hundert Jahren. Eine traurige, verunstaltete Porzellanpuppe, die schon Staub angesetzt hat. Heute hat es bestimmt keine gebildete junge Frau mehr nötig, bei einem alten Knacker zu bleiben, der sie unterdrückt. Da wird sie es schon nicht anders gewollt haben. Jetzt wird sie sich an der Aufmerksamkeit laben, nach der sie sich schon immer gesehnt hat. Zum Model hat es trotz Größe und schlanker Figur nicht gereicht, zur Schauspielerin fehlt das Charisma, dann eben auf diese Weise. *Irgendwie* ist es immer möglich, ein Gesicht einzustudieren, das man sich merkt.

Wenn sie sowieso vorhatte, ihn anzuzeigen, wieso dann dieser Auftritt bei der Theatereröffnung? Dieses Miststück! Hängt einem an, Alkoholiker zu sein, ein Schläger, und als schmieriger Lustmolch steht man jetzt auch noch da! Wenn die wüsste, was sie da angerichtet hat. Es gibt Menschen, die einen *Ruf* zu verlieren haben. Wieso nur ist sie überhaupt zur Veranstaltung gekommen? Eine Lachnummer ist das!

Klausmann strahlt, Medienberichten zufolge, Selbstgefälligkeit aus, zumindest Gelassenheit.

Muss ja auch dank seines über Jahrzehnte auf In-die-Pfanne-Hauen gedrillten Verteidigers kein Wort selber sagen. Da sieht es bei Annika L. schon anders aus, so ganz ohne Anwalt. Wo ist eigentlich der Anwalt, eine Wohnung kann sie sich doch auch leisten? Es gibt doch diesen Satz von der See und dem Gericht und Gottes Hand.

„Annika hat eben keine starke Persönlichkeit, ist so leicht zu verunsichern, völlig labil, daher auch ihre Wutausbrüche. Wenn Sie wüssten, wie die werden kann!"

„Wer ist denn hier jetzt angeklagt – was sollen all die Fragen?"

„Und es ist *nicht* möglich, dass Sie Ihren, nennen wir es *Auftritt*, bei der Theatereröffnung genossen haben?"

„Doch, ist es. Und das mit Recht."

Das Museum der Wahrheit

Verloren und erschöpft fühlte sich Tilda, wie sie da mit ihrem viel zu schweren Rucksack am Bahnhof stand, und sie bekam sogleich die Bestätigung, dass man ihr ihre Verfassung schon von Weitem ansah.

„Kann ich Ihnen irgendwie helfen?"

Zu ihrer Rechten stand ein in die Jahre gekommener Herr mit freundlichen Augen und einem ordentlich gestutzten, grauen Bart. Er war, ohne ungelenk zu wirken, hoch gewachsen, massiv, ein regelrechter Fels.

„Ich glaube nicht", sagte Tilda, mit den Schultern zuckend. Sie hasste diese Unentschlossenheit, die sie manchmal befiel, wenn sie erschöpft und ausgelaugt war.

„Sie sind auf der Reise – aber nicht im Sinne von Urlaub. Habe ich Recht?"

Wer *war* dieser Herr? Und warum klang das Gesagte irgendwie mystisch? Tilda nickte, wobei ihm sicher auffiel, dass sie ihm eigentlich gar nicht Recht geben wollte. Das, was sie dazu bewog, ihm nicht einfach den Rücken zuzukehren und weiterzugehen, war eine unbestimmte Wahrhaftigkeit, welche in seiner Stimme durchklang.

„Ich würde Ihnen gerne etwas zeigen", sagte der Herr in einem sachlichen Ton. Sie verspürte den starken Impuls, sofort zuzustimmen, fühlte sich auf einmal aufgehoben, fast so, als würde sie von einem nahen Angehörigen nach einer langen Odyssee abgeholt werden. Aber so naiv durfte man nicht sein, sich von einem fremden, wenn auch vertrauenswürdig erscheinenden Herrn womöglich in eine Falle locken zu lassen. Sie war mit vierundzwanzig Jahren alt genug, um ein angemessenes Maß an Skepsis walten zu lassen.

Tilda bemühte sich, so bestimmt und kühl wie möglich zu klingen, als sie sagte: „Nein, danke!"

Als habe der Herr bereits mit dieser Antwort gerechnet, nickte er. Gerne hätte Tilda sein gutmütiges Lächeln als Beweis dafür genommen, dass er ein aufrichtiger Zeitgenosse war, und wollte irgendetwas Nettes sagen. Stattdessen setzte sie sich mit ihrem Gepäck in Bewegung und nickte dem Herrn knapp zum Abschied zu. Als sie sich nach ein paar Schritten noch einmal umdrehte, war er zwischen den Passanten verschwunden.

Nach einer kurzen Strecke zu Fuß zwängte Tilda sich in einen hoffnungslos überfüllten Bus, dessen Scheiben von innen beschlagen waren. An manchen Stellen bildete der Beschlag bereits kleine Rinnsale, die ein abstraktes Muster auf dem Glas hinterließen. Sie musste sich genervte Blicke gefallen lassen von Leuten, denen sie mit ihrem Rucksack, der ihr mittlerweile vorkam wie ein Schrank, in die Quere kam. Sie nahm das sperrige Teil von den Schultern und stellte es mit einem dumpfen Geräusch auf den Boden, der bedeckt war mit sich überlappenden grauen Profilspuren. Ein Kind, das übermüdet auf der Schulter seiner Mutter hing, plärrte direkt in Tildas linkes Ohr. Ihr Blick wanderte wieder zu den Rinnsalen auf den Scheiben. Der ganze Stress ... das Studium, der Beruf, das private Chaos ... Regelrecht in sich gefangen gewesen war sie. Lebte, von außen betrachtet, ein normales Leben, aber wurde immer häufiger ... wie sollte sie es nennen? Zurückgeworfen traf es vielleicht am ehesten. So fühlte es sich an. Als würde sie immer wieder zurückgeworfen in eine hilflose Zeit, ein hilfloses Alter. In eine weniger reife Version ihrer selbst. Misslang ihr etwas – war es auch eine noch so unbedeutende Kleinigkeit –, fühlte sie sich klein, ohnmächtig, wie ein Kind, und war davon überzeugt, dass alle anderen sie genau so sahen. Das war alles überhaupt nicht rational, aber deshalb nicht weniger beunruhigend. Sie musste schließlich raus, einfach diesen hoffnungslos zermürbenden Alltag verlassen!

Irgendwann erreichten sie die Haltestelle, wo Tilda aussteigen musste. Nun ging es wieder zu Fuß weiter; sie fragte sich, warum der Rucksack derart an ihren Schultern zerrte. Sie hatte ihn mit Bedacht gepackt und war noch immer der Meinung, nur das Nötigste dabeizuhaben. Nur noch ein paar Meter, dann müsste das Hotel in Sichtweite kommen. Sie bog um eine Ecke – und lief beinahe in den Herrn vom Bahnhof.

„So begegnet man sich also wieder", sagte er.

Er lächelte, hob erwartungsvoll die buschigen Augenbrauen. „Vielleicht haben Sie es sich doch noch überlegt?"

Unmöglich konnte sie den Herrn zu einem unbestimmten Ort begleiten – er war schließlich *nicht* ihr Großvater.

„Es ist dort!" Er wies mit dem Zeigefinger auf einen Gebäudeeingang, der nur wenige Meter entfernt war und den Eindruck von Öffentlichkeit vermittelte. Über der großzügigen Flügeltür war ein Plakat angebracht, auf welchem sich eine Kaugummiblase vor einem Kindergesicht ausdehnte. In der Blase befand sich eine eigene kleine Welt, ein Mikrokosmos, ausgestattet mit Häusern, Bäumen, Flugzeugen und einer in der Darstellung nicht gezeigten, aber implizierten menschlichen Gesellschaft. Das Plakat trug keine Aufschrift, keinen Titel.

„Das ist doch ein Museum, oder?"

„In der Tat, ein Museum."

Der Herr schien abzuwarten.

„Warum hat es keinen Namen?"

Er musste lachen. „Den hat es! Ich habe ihn nur nicht anbringen lassen, da er unnötig irritieren würde."

Was sollte *das* nun wieder heißen? Warum verriet er ihr nicht, wie das Museum hieß? Stattdessen sagte der Herr mit einer einladenden Geste Richtung Eingang: „Folgen Sie mir doch!"

Der Eingang hatte eine geradezu magnetische Anziehungskraft. Dennoch musste Tilda sich fragen, warum sie sich gerade überreden ließ, dieses rätselhafte Museum zu besuchen. Es schien dem Herrn – aus welchen Gründen auch immer – jedenfalls ein Anliegen zu sein, dass sie es tat. Das war doch seltsam!? Überhaupt – dass sie sich vorhin, nachdem sie aus dem Bus gestiegen war, wiederbegegnet waren … War der Herr ihr etwa gefolgt? Hatte er sie beobachtet? Ihr Instinkt – hoffentlich trog er nicht – sagte, dass dem nicht so war.

Der Herr hielt Tilda die Tür auf, nachdem sie die drei klotzigen, von vielen Schuhen blankgeschliffenen, steinernen Stufen hinaufgestiegen waren. Jetzt standen sie in einem warm ausgeleuchteten Foyer mit cremefarbenen Marmorfliesen. Rechts war eine Rezeption, wo man wohl Eintritt bezahlen musste. Allerdings war sie nicht besetzt. Weiter hinten befand sich ein abgeteilter Abschnitt, wo Spinde sich reihten und stapelten.

„Dann werde ich mal meinen Rucksack einschließen", meinte Tilda.

„Sie dürfen ihn einschließen, aber Sie können ihn auch genauso gut mitnehmen. Es gibt nichts, das Sie stehlen oder beschädigen könnten", erklärte der Herr, wobei er vielsagend die Augenbrauen hob.

Wieder drängte sich Tilda die Frage auf, ob es eine gute Idee gewesen war, sich auf diesen ominösen Museumsbesuch einzulassen. Eines Museums, in dem es womöglich gar nichts zu begutachten gab.

„Was Sie mitnehmen, liegt ganz bei Ihnen", fügte der Herr hinzu. Der Rucksack war ihr eindeutig zu schwer, also erklärte sie, dass sie ihn gerne verstauen würde. Der Herr begleitete sie zu den Spinden, wo sie aus dem Rucksack eine kleine Umhängetasche zutage förderte, welche gerade genug Platz für ihr Smartphone bot. Sie nahm es mit, um ihr Gefühl der Sicherheit zu stärken. Nun war sie bereit.

Der Herr geleitete Tilda zu einer verglasten Flügeltür im linken Teil des Foyers, hinter der es dunkel war.

„Uns interessiert heute dieser Abschnitt des Museums."

Er hielt ihr den rechten Flügel auf, ging dann voraus, einen Gang entlang, in welchen kaum Tageslicht fiel. Tilda blieb stehen. Der Herr bemerkte ihre Verunsicherung und sagte: „Fürchten Sie sich nicht. Sie werden sehen, hier geht alles mit rechten Dingen zu."

Er knipste an einem kleinen Schalter das Licht an, wodurch offenbar wurde, dass der Gang in eine weitläufige Halle mündete. Was Tilda bis eben noch für Vitrinen mit Ausstellungsstücken gehalten hatte, erkannte sie jetzt als – leere Vitrinen. Es waren eher lauter aneinandergereihte, ziemlich große Fenster. Ähnlich einer Schaufenstergalerie. Das Glas war seltsam verspiegelt, das Hineinschauen war so, als versuchte man, bei Tageslicht von außen in eine Wohnung zu spähen. Neben jedem der Fenster waren zwei Paar Bügelkopfhörer mit Kabel angebracht und dazu je ein großer, roter Knopf.

„Bitte verzeihen Sie", sagte der Herr und reichte ihr die Hand. „Ich bin Sam Woodcraft."

Sein Händedruck war warm und fest.

„Tilda Eigensinn."

„Das hier", er machte eine die ganze Halle einschließende Handbewegung, „ist das Museum der Wahrheit."

Tilda runzelte die Stirn.

„Ich weiß, es klingt schrecklich abgedroschen – weshalb ich es auch nicht an der Außenfassade habe anbringen lassen –, aber hier bekommen Sie tatsächlich die Wahrheit zu sehen."

„Was für eine Wahrheit?", fragte Tilda unwillig.

„Es gibt doch nur eine, meinen Sie nicht?"

Auf seinem Gesicht erschien wieder jenes geheimnisvolle Lächeln. Woodcraft ging Tilda voran, in Richtung des ersten Fensters auf der rechten Seite.

„Wollen wir unseren Rundgang beginnen?"

Tilda nickte zaghaft.

„Drücken Sie auf diesen Knopf und setzen Sie die Kopfhörer auf."

Der Knopf leuchtete rot, nachdem sie mit dem rechten Zeigefinger darauf gedrückt hatte. Die Kopfhörer fühlten sich angenehm weich an. Woodcraft hatte sich das andere Paar aufgesetzt. In dem Fenster, dessen Glas bis eben ihr eigenes Spiegelbild sowie das von Woodcraft zurückgeworfen hatte, wurde es dunkel, ganz dunkel und dann erst schemenhaft, schließlich immer deutlicher konnte Tilda dort etwas erkennen: Ihre Eltern am Küchentisch. Im Kinderstühlchen saß die kleine Tilda, das Gesicht voller Tomatensauce. Auf einmal hörte sie die Stimme ihrer Mutter, aber sie sah, dass sich ihre Lippen nicht bewegten. Das mussten ihre Gedanken sein! *Was ist, wenn mir etwas zustoßen sollte? Wer kümmert sich dann um Tilda? Hans kann es nicht, er ist doch von morgens bis abends mit seinem Beruf und der Landwirtschaft beschäftigt. Und er hat doch keine Angehörigen ... Meine Verwandtschaft ist so weit weg ...* Ihr Vater schwieg ebenfalls. Tilda wollte auch seine Gedanken hören, doch es blieb still. Stattdessen fand sie sich für einen Moment und wie in einem Traum als kleines Kind am Küchentisch wieder, sah nicht mehr von außen auf die Szene, sondern durch ihre Kinderaugen auf die kleingeschnittenen Spaghetti auf ihrem Teller, die sie viel lieber, so wie die Großen, in voller Länge gegessen hätte. Sie dachte an einen Zeichentrickfilm, in welchem es Füchse gab – das waren die Guten – und Wölfe – das waren die Bösen. Wie hieß der Film noch? Etwas mit Wald ... und etwas mit Tieren. Genau, er hieß *Als die Tiere den Wald verließen.* Und schon war dieser Augenblick wieder vorbei, es war ein behaglicher Augenblick gewesen. Aber auch traurig. Damals war es noch einfach gewesen, Gut und Böse voneinander zu trennen. Sie betrachtete diese kleine Familie, die am Tisch saß und aß. Jetzt! Jetzt hörte sie die Gedanken ihres Vaters. *Die Schafe scheren. Holz hacken. Ein neues Netz zum Einzäunen kaufen. Sie ist immer grantig, immer grantig. Wird schon gehen, irgendwie muss es gehen.* Da wichen die

Farben aus den Personen und Gegenständen und hinter dem Fenster wurde es wieder dunkel.

Woodcraft, der seine Kopfhörer heruntergenommen hatte, bedeutete Tilda, es ihm gleichzutun. Sie fühlte ein wahnsinniges Durcheinander in ihrem Inneren, vielleicht sollte sie das Ganze an dieser Stelle abbrechen, so etwas war nicht normal, da hatte jemand bösartig etwas zusammengebastelt, einen Faust des einundzwanzigsten Jahrhunderts gespielt.

„Mit dem Teufel gedealt ...", hörte Tilda sich sagen. „Sie haben mit dem Teufel gedealt!"

„Es mag durchaus so erscheinen, aber das habe ich nicht."

„*Wer* sind Sie!? Was meinen Sie eigentlich!? Wie kommen Sie dazu, mir *so* etwas vorzuführen!? Wer sind Sie, dass Sie es wagen, meine Vergangenheit ..." Sie schnappte nach Luft. „Wie kommen Sie dazu, meine Erinnerungen künstlich heraufzubeschwören!? Sie kennen weder meine Eltern noch mein früheres Leben ..."

Das Gesicht des älteren Herrn war völlig ernsthaft, als er sagte: „Mein Museum der Wahrheit ermöglicht mir genau dies."

Tilda empfand ein quälendes, aber vertrautes Stressgefühl. Sie wusste nicht, ob das Gefühl Teil einer Erinnerung war oder Symptom der gegenwärtigen Situation.

„War zuerst das Museum da oder Sie?"

Woodcraft blickte sie nachdenklich an.

„Das Museum hat sich im Laufe meines Lebens

ergeben."

„Es hat sich *ergeben*?"

„Ja." Er blickte in die Ferne. „So etwas kann man nicht erschaffen. Es ist eine Fähigkeit. Eine Gabe. Es ist einfach da."

Verbitterung wallte in Tilda auf. An so einen Quacksalber zu geraten, sah ihr gar nicht ähnlich. „Dann sind Sie also der liebe Gott?"

Woodcraft hob beschwichtigend die Hände. „Ich kann gut verstehen, dass Sie aufgebracht sind. Aber glauben Sie mir, ich betrüge Sie nicht. Ich will Ihnen nur helfen, zu verstehen. Darin sehe ich meine Berufung."

Tilda sah auf das Spiegelbild in dem Fenster, sie und Woodcraft nebeneinander.

„Setzen wir uns doch einen Moment", schlug er vor und wies auf eine Nische in dem Wandabschnitt zwischen dem Fenster, vor dem sie gerade standen, und dem nächsten. In dem kleinen Hohlraum befanden sich drei Sessel und ein kleiner Tisch. Auf dem Tisch stand eine Flasche aus grünem Glas, aus deren Öffnung am Ende des Flaschenhalses sich spiralförmig ein Glücksbambus wand.

„Ich bestelle uns etwas zu trinken", sagte Woodcraft. „Was mögen Sie?"

„'nen Cappuccino", hörte Tilda ihre Stimme knistern, wie eine Papiertüte. Er holte ein Tastenhandy aus seiner Hemdtasche – ein *Rentnerhandy* – und gab damit offenbar die Bestellung auf. Nach wenigen Augenblicken blinkte ein gelbes Lämpchen in der Wand und erst da erkannte Tilda, dass dort eine Klappe eingelassen war. Diese tippte Woodcraft an. Ein lautloser Mechanismus öffnete sie und zum Vorschein kamen Tildas Cappuccino und ein Gin Tonic für Woodcraft.

„Dann kann man jetzt also schon durch einen Fingerabdruck die Erinnerungen eines Menschen abrufen?", fragte Tilda mit einem gefährlichen Unterton. Dabei dachte sie an den roten Knopf, welchen sie gedrückt hatte, bevor das Fenster sich mit einer Szene aus ihrer Kindheit belebt hatte.

Auf Woodcrafts Gesicht erschien ein ernsthafter, verstehender Ausdruck. „Diese Annahme liegt in der Tat nahe, aber das, was Sie hier erleben, hat nichts mit ausgefeilter Technologie oder künstlicher Intelligenz zu tun. Dies hier ist kein Spionagekonzern. Niemand außer Ihnen und mir kann Ihre Erinnerungen sehen."

„Weil sie durch meinen Fingerabdruck verschlüsselt sind?"

Woodcraft lächelte ein wenig. Dann schüttelte er sachte den Kopf. „Ich an Ihrer Stelle würde vermutlich dasselbe denken, aber hier finden keine derartigen Vorgänge statt."

„*Wer* sind Sie?"

„Diese Frage ist für mich kaum zu beantworten. Aber ich will es dennoch versuchen. Aus irgendeinem Grund habe ich bei meiner Geburt die Gabe mitbekommen, Menschen die Wahrheit zu zeigen. Die Wahrheit, die in ihren Erinnerungen liegt."

„Wann haben Sie bemerkt, dass Sie diese Fähigkeit besitzen?"

„Als ich als Kind mit meiner Tante vor dem Spiegel stand und wir plötzlich in dem Glas anstatt uns selber den Grund für Ihre Panikattacken gesehen haben, unter welchen sie über Jahre gelitten hatte."

Tilda merkte, dass sie ihm gerne glauben wollte, auch wenn ihr Verstand ihr sagte, dass es sich um eine erfundene Geschichte handelte. Woodcraft sprach, wie ihr schon von Anfang an aufgefallen war, mit einem ganz leichten amerikanischen Akzent. Womöglich war er ein abgehalfterter Schauspieler, der sein Geld verpulvert hatte und sich seinen Lebensunterhalt jetzt mit Hokuspokus verdiente. Das würde zumindest seine Überzeugungskraft erklären. Von irgendwelchem pseudowissenschaftlichen Gewäsch untermauerte Scharlatanerie erlebte im Moment ja einen regelrechten Boom ...

„Leider kann ich bezüglich meiner Tante nicht weiter ins Detail gehen, da ich ihr damals versprochen habe, es niemandem zu erzählen. Jedenfalls hatte ich in der darauffolgenden Zeit öfters solche Erlebnisse und da kam mir schließlich die Idee, dass ich meine Gabe einsetzen sollte, um anderen Menschen zu helfen. Menschen, welche aus unerfindlichen Gründen leiden."

„Und da hilft es, wenn man sie mit Erinnerungen konfrontiert?"

„Es kann zumindest ein Anstoß sein, Geschehenes aufzuarbeiten. Oft ist es hilfreich, eine durchlebte Situation zunächst als Zuseher zu betrachten ..." Woodcraft blickte in die Ferne. Er strich sich über den Bart. „... um dann nochmals in sie einzutauchen."

Tilda überlegte. Eigentlich betrogen einen die eigenen Erinnerungen nur selten, fand sie.

Woodcraft beobachtete sie sehr aufmerksam. Und als habe er ihre Gedanken gelesen, sagte er: „Es ist durchaus möglich, sich an Dinge genau zu erinnern, ohne die *Wahrheit* zu kennen. Die Wahrheit *hinter* den Erinnerungen."

Es entstand eine Pause.

„Aber wozu sind die roten Knöpfe gut? Ich meine ... damals, mit Ihrer Tante, da gab es doch sicher auch keinen solchen Knopf?"

„Da haben Sie Recht! Den gab es nicht. Ich habe mir diesen Rahmen für mein Projekt überlegt, um für meine Besucher alles ein wenig greifbarer zu machen. Es handelt sich um eine Art Brücke zum Unterbewusstsein, wenn Sie so wollen."

Tilda ließ das Gesagte auf sich wirken, nickte dann langsam.

„Wollen wir in das nächste Fenster sehen?", fragte Woodcraft.

Tilda antwortete nicht. Sie fühlte sich beklommen.

„Lassen Sie sich Zeit", sagte er. „Wir widmen uns der nächsten Szene aus Ihrer Vergangenheit, wenn Sie dazu bereit sind."

Sie war sich nicht sicher, ob sie noch mehr sehen wollte.

„Wozu soll es gut sein, willkürlich Erinnerungen zum Leben zu erwecken?", brach es aus ihr recht vorwurfsvoll hervor.

Woodcraft rieb sich den Bart.

„Willkürlich, sagen Sie? Was, wenn ich Ihnen versichere, dass nicht ich aussuche, an welche Begebenheiten Sie sich erinnern?"

In Tildas Kopf brauste es. Das alles war in einem Maße sonderbar, dass es im Grunde schon egal war, ob sie den sogenannten Rundgang weitermachten oder nicht. Selbst wenn das hier alles nur Spinnerei war, wie sie sich von Anfang an gedacht hatte – dann war es immerhin ungewöhnlich. Ein Erlebnis, das sie so schnell nicht vergessen würde.

„Ich bin bereit", erklärte sie schließlich.

„Gut."

Sie gingen zum nächsten Fenster. Wie vorhin drückte Tilda den Knopf und setze sich die Kopfhörer auf. Woodcraft tat es ihr gleich. Das Fenster wurde dunkel und es trat langsam, aber nach und nach immer deutlicher werdend das Bild der neunjährigen Tilda in der Badewanne hervor. Auf der Wasseroberfläche türmte sich jede Menge Schaum. Ja, das war immer herrlich gewesen. Aber ... da! Jetzt hörte sie etwas. Vielmehr *empfand* sie es. Es war ein verstörendes Gefühl, das sie von damals kannte, aber das sie auch heute noch gelegentlich befiel. Irgendwie nagend, quälend und

– das war die schlimmste Eigenschaft – *peinlich.* Mit den Augen der damals Neunjährigen sah Tilda aus dem Badezimmerfenster, das sich gegenüber der Wanne befand. Sie überlegte, ob man von der Einfahrt aus bei Tag, wenn im Bad kein Licht brannte, hineinsehen konnte. Es erschien ihr abwegig, aber der Gedanke war zutiefst beunruhigend. Plötzlich fing die Wanne zu schwanken und das Wasser zu schwappen an, das Bild verschwamm und die undefinierbaren Formen gewannen wieder an Kontur, indem sie zum Inventar eines Klassenzimmers zusammenliefen. Die dritte Grundschulklasse. In der Mitte links saß Tilda, mit einem verwuschelten Pagenkopf. Der Lehrer Konrad stand vor der Klasse und redete. Er hatte immer viel zu viel geredet. Oft fragte er eines der Schulkinder, deren Langeweile selbst ihm nicht immer verborgen blieb, ganz unvermittelt: „Was habe ich gerade gesagt?" Tja, das konnte das betreffende Kind meistens nicht beantworten. Jetzt jedenfalls sprach er mit Tilda, die gerade damit beschäftigt war, ein wenig ungeschickt aus einem Bogen Buntpapier eine Form auszuschneiden. Sie hörte seine Stimme, die einen Augenblick zuvor lediglich im Hintergrund wahrnehmbar gewesen war, ganz deutlich: „So, Tilda, halte das Papier doch hier fest. Jetzt ist eben nicht deine Mutter da, die dir alles vormacht." Wie kam der Lehrer Konrad überhaupt darauf, dass ihre Mutter ihr sonst alles vormachen musste? „Putzt du dir, wenn du auf der Toilette warst, selber den Po

ab oder muss das auch deine Mutter machen?"
Die kleine Tilda saß mit großen Augen da und
sagte nichts. „Ich bin letztens unten bei eurer
Einfahrt gestanden und habe durchs Badezimmerfenster gesehen, wie deine Mutter dir den
Po abgeputzt hat." Jetzt hörte Tilda, was sie damals gedacht hatte. *So ein Idiot! Was bildet der
sich ein?* Das Fenster war inzwischen wieder
schwarz geworden und verwandelte sich langsam zurück in jene verspiegelte Oberfläche, die
es gewesen war. Tilda nahm die Kopfhörer ab.
Natürlich war es unlogisch, dass sie jemand von
der Einfahrt aus beobachtet hatte, während sie
sich im Bad aufhielt, da sich die Einfahrt einige
Meter unterhalb des Hauses befand, aber ein
gewisser Zweifel war über die Jahre haften geblieben.

Woodcraft lächelte. „Was für einen Unsinn
Lehrer doch manchmal reden können, nicht
wahr?" Er zwinkerte mit dem rechten Auge.
„Und wie uns dieser Unsinn peinigen kann."

Nach einigen Minuten Stille, während der Tilda damit beschäftigt war, ihre Gedanken zu
ordnen, fragte Woodcraft: „Was meinen Sie,
wollen wir sehen, was in dem nächsten – und
letzten – Fenster erscheint?"

„Aber da sind doch noch viel mehr Fenster ..."

„Manche Menschen müssen tatsächlich in alle
Fenster sehen, um zu einer Erkenntnis zu ge-
langen. Bei anderen reicht ein einziges. Ich
glaube, nach dem nächsten Fenster sehen Sie
um einiges klarer."

Sie bewegten sich in Richtung des Fensters,

welches dem Ein- und Ausgang am nächsten war. Nachdem Tilda den Knopf gedrückt und die Kopfhörer aufgesetzt hatte, zeichnete sich, immer deutlicher werdend, eine Hütte vor einem grünen Hintergrund ab. Es war die alte Scheune ihres Vaters, die kleinere, auf der Wiese unterhalb der Straße. Tilda spazierte ins Bild, den zwei Zusehenden den Rücken zugewandt. Sie wirkte etwas lustlos, schien sich zu langweilen. Sie schritt den gemähten Teil der Wiese ab, immer und immer wieder. Ihre erwachsene Version vor dem Fenster konzentrierte sich und tatsächlich konnte sie ihre damaligen Gedanken hören. Sie dachte, wie spannend es gewesen war, als ihr Schulfreund und sie sich in den Pausen auf dem Schulhof Geschichten hatten einfallen lassen, um sich diese gegenseitig zu erzählen. Oft war es etwas Gruseliges, manchmal auch etwas Lustiges. So etwas wünschte sie sich jetzt, in diesem nie enden wollenden Sommer voller gleißendem Sonnenschein, den sie mit lesen, schreiben und zeichnen verbrachte, während ihre Eltern den ganzen Tag im Heu arbeiteten, das eher mehr als weniger zu werden schien. Sie beschäftigte sich ja mit Dingen, die sie liebte, aber manchmal wäre ein wenig Abwechslung auch nicht übel gewesen. Aber wie verhext hatte während der Sommermonate einfach *nie* jemand Zeit.

Das Fenster ruhte jetzt wieder, doch umso deutlicher war die in Tilda erzeugte Erinnerung. Am Abend jenes Tages war nichts mehr so gewesen wie zuvor. Tilda war es gar nicht gut gegangen und ihre Eltern hatten geglaubt, sie habe einen Sonnenstich erlitten. Als es ihr auch in den darauffolgenden Tagen, die sich schließlich zu Wochen und Monaten reihten, nicht wirklich besser gehen wollte, wussten sie sich keinen Rat mehr. Sie taten alles für sie und nichts wollte helfen. Kleine Geschenke, ein Ausflug, ein Essen, das sie besonders gerne mochte ... Die Freude war ihr einfach völlig abhandengekommen. Es schmerzte Tilda damals sehr, dass sie nicht die erhoffte Reaktion zeigen, sich freuen konnte.

Sie fühlte sich erschöpft.

Woodcraft legte ihr vorsichtig die Hand auf die Schulter. „Mögen Sie vielleicht Kuchen?"

Die Frage holte sie wieder ins Hier und Jetzt zurück. Sie nickte. Er führte sie erneut zu der Sitzecke und, wie vorhin, benutzte er das Tastenhandy, das sich trotzig der restlichen Hightechausstattung des Raumes widersetzte, um die Bestellung aufzugeben. Nach wenigen Minuten blinkte das gelbe Lichtchen. Es gab Schokoladenkuchen mit einer Cremeschicht in der Mitte, dazu eine Tasse Tee.

„Jetzt weiß ich auf jeden Fall, dass ich durch Mangel an Kontakten in meiner Kindheit eine Depression bekommen und jahrelang darunter gelitten habe, weil niemand wusste, was mit mir los war", bemerkte Tilda etwas trocken.

„Ich denke, diese Erkenntnis könnte Ihnen in Zukunft von Nutzen sein", sagte Woodcraft. „Erkennen Sie rechtzeitig, wenn es Ihnen nicht gut geht!"

Alles schön und gut, dachte Tilda. „Aber verlässliche Freunde findet man eben nicht an jeder Ecke. Zumindest ich nicht ..."

„Das verstehe ich natürlich. Ich kann Ihnen für dieses Problem auch keine Lösung bieten. Außer, dass *ich* Ihnen ein zuverlässiger Freund sein kann, wenn Sie es zulassen."

„Was kostet das Ganze eigentlich?"

Woodcraft lachte kurz auf. „Ich nehme kein Geld von meinen Besuchern. Man sollte nicht für etwas bezahlen müssen, auf das man Anspruch hat."

Tilda spürte, dass ihr Museumsbesuch sich dem Ende zuneigte. Es kämpfte in ihr, aber sie fand keine Worte.

„Sprechen Sie sich aus", sagte Woodcraft in seiner sanften Ernsthaftigkeit.

„Diese Szenen, die Sie mir gezeigt haben ..."

„Welche Sie *gesehen* haben, Tilda", korrigierte er sie.

„Diese Szenen stehen in keinem Zusammenhang. Was soll ich denn jetzt damit anfangen?"

Er schwieg einen Augenblick, bevor er ihr antwortete: „Sie sagen, sie stehen in keinem Zusammenhang ... Ist dies so?" Er lächelte geheimnisvoll. Dann kehrte er die Innenseiten seiner Hände nach oben und sagte mit leisem Bedauern: „Das war alles, was ich Ihnen innerhalb dieses Rahmens bieten konnte. Was Sie damit anfangen, müssen Sie nun selbst herausfinden."

„Ist es theoretisch möglich, noch mal hierherzukommen? Ich meine – wenn man wieder in so eine Situation kommt, in der man ... nichts mehr versteht?"

„Theoretisch ist es möglich ..."

„Sie sagten doch gerade eben, dass Sie mir ein zuverlässiger Freund sein könnten!"

„Und ich stehe zu meinem Wort."

Woodcraft zwinkerte mit dem Auge und holte aus der Innentasche seines Jacketts ein Blöckchen und einen Stift hervor. Er schrieb etwas auf, riss das Blatt ab und reichte es Tilda. „Rufen Sie mich an, wann immer Sie sich mit mir unterhalten möchten. Wie Sie bereits bemerkt haben dürften, bin ich ein sehr aufmerksamer Gesprächspartner. Und ich glaube, dass es das ist, was Sie fortan am meisten benötigen werden."

Tilda sah auf die Telefonnummer.

„Aber was das Museum betrifft ... Ich glaube, es hat seine Aufgabe bereits erfüllt."

Die alte Höflerin

Kurz war Schnee im Bild und dann blickte mir ein Gesicht entgegen, das ich auf jeden Fall kannte, aber lange nicht gesehen hatte. Es war das Gesicht der alten Höflerin. So hatte sie mir schon einmal entgegengeblickt. Drei tiefe Querfalten auf der Stirn. Mundwinkel, die schwer nach unten zogen. Kein glückliches Gesicht, aber ein gefasstes. „Mein Haus", sagte die Höflerin in ihrer bebenden Stimme – sie hatte nie anders geklungen – und eine alte Schwarzweißaufnahme eines schönen, gepflegten Bauernhauses wurde eingeblendet. „Die Mur hat es mir weggerissen." Wieder das zerfurchte Gesicht der Höflerin, umrahmt von kleinen, weißen Löckchen. „Das Haus, in dem ich geboren worden bin, das Haus, in dem ich aufgewachsen bin, das Haus, in dem ich meine Kinder großgezogen habe", zählte sie auf, wobei sie fest in die Kamera und aus dem Fernseher heraus blickte wie damals aus dem Fenster. „Meine Kinder habe ich darin großgezogen und dann hat alles die Mur weg." Das alte Gesicht dehnte sich auf dem Bildschirm aus. Nur einmal blinzelte die Höflerin, kaum merklich.

Hatte sie schon diesen Gesichtsausdruck gehabt, bevor ihr Haus mit der Mure zusammen ins Tal gezerrt worden war? Ich konnte mich nicht erinnern. Ihr Gesichtsausdruck damals hinter dem Fenster war jedenfalls der gleiche wie jetzt im Fernseher, er hatte sich in meine Erinnerung eingebrannt. Unter dem Fußboden hatte es fürchterlich gegrollt und vibriert, wie bei einem Erdbeben. Ich war ans Fenster gestürzt und sah, wie die Welt unterging. Das Schulhaus rutschte vorbei und ein Getreidesilo schwebte gespenstisch an der Hausmauer entlang. Kein Mensch war zu sehen. Vielleicht war es wirklich gescheiter, drinnen zu bleiben. Der Egghof fuhr auf der Geröllmasse wie ein Schiff. Am Fenster stand die alte Höflerin und sah mich an, so wie jetzt aus dem Fernseher. Da merkte ich erst, dass unser Haus nicht rutschte.

„Das Nachbarhaus hat nicht in der Schneise gestanden. Es steht immer noch dort – an seinem Platz!", erklärte die Höflerin, wobei sie „dort" scharf betonte. Nie hätten wir in unserem Haus wohnen bleiben können, auch wenn es unversehrt geblieben war, sich in seinen Mauern nicht der kleinste Riss gebildet hatte. Alle, die der Mure entkommen waren, waren weggezogen. Niemand hatte neben einem Trümmerhaufen wohnen wollen. Man hatte sich auf die Nachbargemeinden aufgeteilt. Die Höflerin wohnte nicht im selben Dorf wie wir. Das war auch besser so. Sonst müssten wir uns jeden Tag von ihr, mit ihrem strengen Gesichtsausdruck, vorwerfen lassen, dass ihr Haus weggerutscht war und unseres nicht. Jeden Tag – beim Bäcker, im Supermarkt, bei der Post, beim Spazieren. „So, wie es war, ist mein Haus im Tal unten angekommen, so, wie es war. Und trotzdem hat man es abreißen können."

Ich war mir nicht sicher, ob die Höflerin absichtlich aufgehört hatte zu sprechen oder ob ihre Stimme abgebrochen war. Sie wollte also immer noch nicht glauben, dass es von selbst eingestürzt war. Tatsächlich war das Haus der Höflerin, der Egghof, so, wie er gewesen war, im Tal angekommen. Dann aber war er eingestürzt, kurz nachdem die Einsatzkräfte die sich sperrende Höflerin herausgetragen hatten. Das hatte die Zeitung berichtet.

Der Mund der Höflerin bewegte sich wieder.

„Im Tal angekommen ist es genau so wie auf dem Foto, und dann konnte man es trotzdem abreißen!"

Immer noch blickte mir die Höflerin entgegen, wie damals aus dem Fenster des Hauses, das wie ein Schiff auf der Geröllmasse dahinfuhr.

Lenis Traum

„Beheizt wird das Gebäude von einem sogenannten Schlangenherd", erklärte Herr Lechner, der Sachwalter. Aus einer Ecke neben dem Schürofen zog er einen quadratischen Karton. „Die Holzbriketts halten die Glut lange am Leben." Er klappte die beiden großen Laschen auseinander, um den Inhalt zu zeigen. „Wichtig ist nur, dass man es nicht mit solch dürrem Holz übertreibt." Er wies auf einen sauberen Stapel Reisig in einer anderen Ecke. „Da kann das Feuer schon mal die Ofenklappe auflupfen!"

Leni und ihre Mutter warfen sich einen kurzen Blick zu.

„Kein Witz!", sagte der Sachwalter, der den Blick der beiden Frauen, welcher sagte: *Der übertreibt doch maßlos!*, bemerkt hatte. „Das hier ist die Ascheschublade. Die lässt sich vollständig zum Entleeren herausnehmen. Dazu steht ein großer Sack auf der Terrasse. Aber warten's bitt'schön immer, bis es richtig ausgekühlt ist!" Er wischte sich die Hände kurz an seiner blauen Arbeitshose ab, bevor er Christine, Lenis Mutter, die Schlüssel aushändigte. „Wenn's was brauchen, rufen's mich an", sagte Herr Lechner und wandte sich zum Gehen. Im Türrahmen blieb er noch mal stehen und drehte sich zu den beiden Frauen um. „Sie wissen schon, dass Sie mich bei Problemen *jeglicher* Art kontaktieren können?"

„Das ist sehr freundlich von Ihnen, vielen Dank!", erwiderte Christine.

Mutter und Tochter standen in der Küche neben dem Ofen, während sie den leiser werdenden Schritten des Sachwalters lauschten. Erst als die Eingangstür ins Schloss gefallen war, fingen sie an, sich zu unterhalten.

„Wie findest du unser neues Zuhause?", wollte Christine von ihrer Tochter wissen.

„Gut", antwortete Leni, während ihr Blick durch den Raum mit den rußigen Wänden schweifte.

„Der Sachwalter macht doch auch einen vernünftigen Eindruck, findest du nicht?"

„Doch, doch. Ich finde halt nur, dass er eher aussieht wie ein Hausmeister."

Christine zuckte mit den Schultern. „Das ist doch egal."

Leni überlegte, aber brachte nicht so richtig Ordnung in ihre Gedanken.

„Vielleicht sollten wir erst mal die wichtigsten Sachen auspacken. Klamotten und Waschzeug", meinte Christine schließlich mit einem unterdrückten Gähnen in der Stimme.

Während die beiden Frauen damit beschäftigt waren, ihre Schränke einzuräumen, hing jede ihren Gedanken nach. Christine fand es irgendwie spannend, Teil eines Pilotprojektes zu sein. Um ein Pilotprojekt handelte es sich, weil man erstmals alte Häuser Leuten in einer finanziellen Notlage oder mit geringem Einkommen für eine niedrige Miete zur Verfügung stellte. Die Häuser wurden vom Wohnungsinstitut aufgekauft und so weit instandgehalten, dass man in ihnen recht bequem wohnen konnte. Es hieß, in der heutigen Zeit müsse Nachhaltigkeit ganz großgeschrieben werden und außerdem gebe es ja genügend leerstehende Häuser. Leni war sich nicht sicher, ob sie es gut finden sollte, dass ihre Mutter und sie fortan in einem freistehenden Haus leben würden. Natürlich hatte es keine Alarmanlage, wie sie es von den Häusern ihrer Freundinnen kannte.

Ihr Smartphone fiepte. Eine Sprachnachricht von Matteo. Seine Stimme klang unruhig, bebend. Er sprach Dialekt mit italienischem Akzent, was man sicherlich sehr charmant finden konnte, solange man Matteo nicht *sah*.

„Warum meldesch du di nit mehr? I weiß nit mehr, was i tun soll, i bin die leschten Tag fast durchdraht."

Der letzte Teil der Nachricht reimte sich unfreiwillig, was Leni zum Schmunzeln brachte, während ihr ein Schauer über den Rücken lief. Seine Stimme klang durchaus aufgewühlt. Sie versuchte sich vorzustellen, wie das wohl konkret aussah, wenn Matteo durchdrehte. Der Gedanke widerte sie leicht an. Zum ersten Mal aber verspürte sie in Zusammenhang mit Matteo so etwas wie ein erotisches Prickeln. *Du geiles Ding*, sagte sie zu ihrem Gesicht im Spiegel. Das Wissen, dass sich Matteo, von dem sie

– natürlich – nichts wollte, nach ihr verzehrte, ließ sie hibbelig werden und verlieh ihren grünen Augen ein unerhörtes Funkeln.

„Hast du dir gerade was angehört?", vernahm sie die Stimme ihrer Mutter, die ihren Kopf durch den Türspalt steckte.

„Ja, so 'nen Podcast", sagte Leni.

„Ich habe inzwischen eine Kleinigkeit zu essen gemacht", sagte Christine, woraufhin Leni ihrer Mutter nach unten in die Küche folgte.

„Wie findest du nun das Haus?", fragte Christine, als sie einen Teller Spaghetti vor Leni abstellte.

„Eigentlich ganz gut."

„Eigentlich?"

„Es ist halt voll altmodisch. Aber abgesehen davon ..."

„Bestimmt wirst du dir irgendwann mal was anderes leisten können. Bis dahin wirst du es wohl hier aushalten."

Leni kaute. Bis es so weit war, dass sie sich eine eigene Wohnung würde leisten können, konnte unter Umständen noch *viel* Zeit vergehen. Hier, in dem Kaff und auch im Umkreis gab es keine Stellenangebote, die auch nur im Geringsten interessant für sie waren. Vielleicht wäre es klüger gewesen, sich in der Stadt etwas Festes zu suchen, solange sie und ihre Mutter noch nicht in diese finanzielle Bedrängnis geraten waren ... Aber in der Stadt hatte Leni auch alles angeödet ... Sie hatte dort ihren Schulabschluss gemacht, dann diesen und jenen Job ausgeübt – allerdings immer nur für kurze Zeit –, bis sie mit zwanzig entschieden hatte, Schauspielerin zu werden. Die Karriere wollte allerdings nicht so richtig anlaufen. Das Talent, von dessen Existenz sie überzeugt war, hatte offenbar Ladehemmung.

„Grübelst du etwa schon wieder?", fragte ihre Mutter und holte Leni damit ins Hier und Jetzt zurück.

„Nein, nein. Bin nur etwas müde."

Dazu meinte Christine: „Am besten gehen wir heute früh schlafen."

Die Nacht verlief ruhig. Leni wachte gegen Morgen mit dem Gefühl auf, in ihrem Zimmer in der vorherigen Wohnung zu liegen. Sie fragte sich, wie wohl die Zukunft aussehen würde. Hier konnte man garantiert nicht richtig ausgehen. In Orten wie diesem waren in den Lokalen, welche *Alte Post, Neue Post, Schwarzer Bär, Weißes Ross* und so weiter hießen, immer nur dieselben Bierdimpel. Das kannte man ja. Allerdings war es in der Stadt auch nicht wesentlich besser gewesen. Seit einem Abend im *Zappata* hatte sie Matteo an der Backe. Matteo war überhaupt nicht ihr Typ. Viel zu dünn und nervös. Dass er bereits Anfang vierzig war, wäre noch das geringste Problem gewesen. Es war auch nichts mit ihm gelaufen, außer ein bisschen Händchenhalten und ein Kuss. Hatte aber offensichtlich gereicht, um *ihn* so richtig anzuturnen. *Da ist noch Luft nach oben*, sagte Leni sich, während sie ihren dunkelbraunen, im Morgenlicht glänzenden Bob kämmte. Ihre Augen lugten keck unter dem Pony hervor. *Für mich muss es mehr geben*, sagte sie sich und glaubte es. Nicht umsonst war sie mit dem Aussehen einer Schauspielerin aus Hollywoods Glanzzeiten gesegnet. Man konnte ihre Haltung durchaus eingebildet nennen, aber dass fast alle verrückt nach ihr waren, war keine Einbildung.

Schon im Treppenhaus, auf dem Weg hinunter in die Küche, wurde sie von freundlichem Kaffeegeruch begrüßt.

„Morgen, Mama."

„Morgen, mein Schatz!" Ihre Mutter schien richtig gut gelaunt zu sein. „Hast du gut geschlafen?"

„Ja, habe ich. Du offensichtlich auch."

„Ja." Christine schreckte die Frühstückseier ab. „Ich bin zwar mal wach geworden, aber dann wieder eingeschlafen. Ich habe von hier unten Stimmen gehört."

Sicherlich hatte das Rauschen des Wasserhahns verschluckt, was ihre Mutter wirklich gesagt hatte. „Bitte? Ich habe dich gerade nicht verstanden."

Christine drehte den Wasserhahn ab. „Ich sagte, ich habe von hier unten Stimmen gehört."

Ein seltsamer Druck baute sich innerhalb einer Sekunde in Lenis Brust auf und ging in ein ungutes Kribbeln über, das bis in ihre Fingerspitzen reichte.

„Was schaust du denn so?", fragte ihre Mutter lachend. „Das ist doch nichts Schlimmes."

Leni rührte in ihrer Tasse. Ihre Mutter hatte

noch nie derartige Anwandlungen gehabt. Und die Art, wie sie es erzählte! Wie eine harmlose Begebenheit im Supermarkt.

„Aber so etwas hörst du doch sonst nie."

„Woran es liegt, weiß ich auch nicht. Aber gehört habe ich die Stimmen eben."

„Aber ... das ist doch *komisch*!"

Christine schürzte die Lippen. „Finde ich nicht."

„Findest du nicht!?"

„Nein. Du tust gerade so, als hätte ich etwas ganz Unmögliches erzählt!"

„Aber das ist doch auch *unmöglich*, dass man Stimmen hört, obwohl niemand hier im Haus ist! Oder glaubst du, es war jemand hier?"

„Nein, glaube ich nicht", antwortete Christine versonnen.

„Dann kann das doch nicht sein!"

„Doch, ich habe die Stimmen gehört."

Leni überkam ein Gefühl, welches sie aus Alpträumen kannte. Man hatte Angst, obwohl man *im* Traum wusste, dass man nur träumte ...

„Du erzählst mir das, als sei das nur irgendeine Nebensächlichkeit ... Oder etwas Selbstverständliches."

„Das ist doch auch nichts Außergewöhnliches."

Leni knibbelte an ihrem Daumen herum. Gleich würde er bluten. Trotz aller Beklommenheit wollte sie es jetzt genau wissen.

„Was waren das denn für Stimmen?"

„Ich glaube, sie stammten von einem Mann

und einer Frau."

„Hast du etwas verstanden?"

„Nein."

„Gar nichts?"

„Gar nichts."

„Und was, glaubst du, hatte das zu bedeuten?"

Ihre Mutter zuckte mit den Schultern. „Keine Ahnung ... Nichts."

„Nichts!?"

Christine seufzte. „Was hast du denn? Das ist doch jetzt nichts so Schreckliches, wenn man mal nachts Stimmen im Haus hört, oder?"

„Doch", rief Leni aufgebracht. „Ich finde das schon eher schrecklich!"

„Jetzt mach hier bloß nicht so einen Aufstand wegen nichts!"

„Mama – das ist nicht normal!"

„Das ist schon normal. Ich bin ja nicht balla-balla."

„Aber gerade deswegen dürfte das nicht sein!"

„Jetzt steigere dich doch nicht so da hinein! Das bringt doch nichts!"

Leni versuchte, sich zur Ruhe zu zwingen, indem sie tief Luft holte.

„Du hast noch nie irgendwelche Stimmen gehört, wenn da niemand war."

„Na und, irgendwann ist immer das erste Mal. Vielleicht hörst du sie ja auch mal."

„Darauf kann ich gerne verzichten." Abermals seufzte Christine.

„Komm, wechseln wir das Thema."

Leni wollte am liebsten nie wieder etwas von jenen Stimmen hören, aber ihr schwante, dass die

Sache noch nicht ausgestanden war. Außerdem gab es sehr bald ein weiteres Problem zu bewältigen. Eigentlich war es eher eine Nebensächlichkeit, die im Begriff war, sich zu einem ernsthaften Störfaktor auszuwachsen: Matteo. Auf einmal stand er auf der Matte, obwohl Leni ihm natürlich *nicht* ihre neue Adresse mitgeteilt hatte.

Schon auf dem Weg zur Tür, nachdem es geklingelt hatte und sie noch gar nicht wusste, wer der Besucher war, beschlich sie ein seltsames Gefühl, dessen Ursprung sie nicht wirklich verorten konnte.

Da stand er also vor ihr, viel zu lang und dünn, mit durchdringendem Blick und – irgendwie voller Genugtuung.

„Matteo", rutschte es flach aus ihrem Mund.

„Leni", sagte er mit einem Unterton, der einen seltsamen Tremor hatte. Wie das durch eine Wand zu einem Säuseln gedämpfte Tosen einer Waschmaschine im Schleudergang.

„Weißt du, Matteo, es ist gerade ungünstig."

„Lass doch den jungen Mann herein, Leni!"

Ihre Mutter war hinter ihr aufgetaucht und strahlte den *jungen Mann* an. Wie Leni es hasste, wenn man ihr die Kontrolle über eine Situation entzog! Missmutig trat sie beiseite.

„I will auf kanen Fall steeren", sagte Matteo und Leni meinte, einen triumphierenden Blick in ihre Richtung wahrzunehmen.

„Nette junge Männer sind uns immer willkommen", sagte Christine mit einem Lachen in der Stimme.

Matteo legte sich theatralisch eine Hand auf die Brust und sagte: „Matteo."

Bildete Leni sich das nur ein oder machte ihre Mutter, als sie sich mit „Christine" vorstellte, tatsächlich einen koketten Knicks? Überhaupt hatte sie auf einmal richtig Farbe im Gesicht! Leni war versucht, hinauf in ihr Zimmer zu stampfen, aber etwas hielt sie davon ab. Vielleicht war es die schiere Neugierde auf Matteos Rechtfertigung für sein überraschendes Auftauchen.

„Leni, setz doch schon mal Kaffeewasser auf! Ich decke in der Zeit den Tisch", trällerte ihre Mutter.

Leni tat wie ihr geheißen, wobei sie Matteo aus dem Augenwinkel musterte. Er saß da in seiner gewohnt ungelenken Art, fing nach kurzer Zeit an, sich auf der Sitzfläche des Stuhls zu lümmeln und mit dem Knie zu wippen. Allein letztere Angewohnheit hätte ausgereicht, um bei Leni jegliche Lust auf mehr zu killen. Niemals würde sie mit einem Mann in die Kiste springen, der mit dem Knie wippte!

Als schließlich der Kaffeetisch in seiner Fülle – mit kleinen, quadratisch geschnittenen Kuchenstückchen – komplett war und alle saßen, fragte Matteo: „Und, geht's euch guet hier?"

„Danke, Matteo, sehr gut", erwiderte Christine übereifrig, was Lenis Brauen hob.

Nach diesem recht belanglosen Gesprächsauftakt fragte Leni: „Wie hast du uns überhaupt gefunden?"

„Die Welt isch klein", meinte Matteo mit gönnerhaftem Gesichtsausdruck, an seinem Ärmel herumspielend. „Meine Leni find' i sowieso iberall." Und an ihre Mutter gewandt fügte er hinzu: „Die Leni isch nemmlich meine Freindin."

„Wie schön!", jubilierte Christine und wandte sich dann mit gespieltem Vorwurf an ihre Tochter: „Warum hast du denn nie etwas davon erzählt?"

„Weil's da nichts zu erzählen gab", zischte Leni und stellte ihre Tasse ungestüm ab, sodass sie überschwappte. „Matteo, du hast hier nichts verloren. Also geh jetzt!"

„Des war, glaub i, nit so a guete Idee, herzukemman", stammelte Matteo, wozu seine bösartig funkelnden Äugelchen so gar nicht passen wollten.

Christine schnappte nach Luft und presste dann hervor: „Leni, so behandelt man doch nicht seinen Freund."

Leni stand auf, wobei ihr Stuhl beinahe nach hinten umgekippt wäre, und schmetterte mit dem beschwörenden Nachdruck eines Predigers: „Matteo *ist* nicht mein Freund, *war* nicht mein Freund und wird auch *niemals* mein Freund sein!"

Ihre Mutter wirkte richtig erschrocken. Matteo nestelte an seinem Kragen herum und wippte abwechselnd mit dem linken und rechten Knie. Auf seiner Nase glänzte ein dünner Fettfilm.

„Das, was zwischen uns war", fuhr Leni ungemindert heftig fort, „war nichts als ein Spaß für genau *einen* Abend. Ich will dich nie mehr sehen!"

Matteo zappelte einige Sekunden auf seinem Stuhl herum – Leni wünschte, es wären seine letzten Zuckungen – und erhob sich dann mit den Worten: „Okay, dann geh' i jetzt."

Leni sah ihrer Mutter an, dass sie widersprechen wollte, aber es hatte ihr schlichtweg die Sprache verschlagen.

Matteo eilte langbeinig federnd Richtung Tür, was Leni an einen Schneider Wipphopp erinnerte. Breit dastehend, die Arme unerbittlich vor der Brust verschränkt, wartete sie im Flur, bis er durch die Tür nach draußen getreten war. Bevor er sie hinter sich zuzog, schickte Matteo noch einen durchdringenden Blick durch den Türspalt, welchen Leni an sich abprallen ließ, aber im Gedächtnis behielt. Wie hatte sie sich auch nur für einen Abend auf diesen Menschen einlassen können? Würde sie nun für den Rest ihres Lebens dafür gestraft sein, dass sie Matteo damals aus reiner Selbstverliebtheit geküsst hatte, einfach nur, weil sie wusste, dass sie es konnte? Sie schüttelte ihr Haar und begab sich in ihr Zimmer. Es dauerte nicht lange, bis ihre Mutter im Rahmen stand.

„Was war *das* denn vorhin?! So kenne ich dich gar nicht!"

„Ich will halt einfach nicht, dass Matteo hier aufkreuzt."

„Aber er ist doch so ein netter junger Mann!"
„Matteo ist vierzig!"

„Na und? Ich habe immer schon gesagt, zu dir passt besser ein reiferer Mann."

„Mama, mit Matteo verbindet mich überhaupt nichts!"

„Das kann doch gar nicht sein. Dann wäre er doch nicht zu Besuch gekommen."

„Ich will nichts von Matteo!", brauste Leni auf. „Seit wir hierhergezogen sind, belästigt er mich mit Nachrichten und Anrufen. Anzeigen sollte ich ihn!"

„Aber das ist doch toll, wenn ein Mann sich dermaßen ins Zeug legt!"

„Ins Zeug legt? Mama! Das, was Matteo macht, ist Stalking!"

„Ach was!" Ihre Mutter winkte ab. „Du übertreibst mal wieder maßlos! Heutzutage, durch dieses ganze Gleichberechtigungsgedöns, ist es sofort Stalking, wenn ein Mann sich um eine Frau bemüht. *Deshalb* sind fast alle jungen Leute mittlerweile beziehungsunfähig."

Leni wusste nicht mehr, was sie sagen sollte. *Wollte* ihre Mutter sie nicht verstehen?

Leni hatte beim Bauerntheater angeheuert und sollte in einem Stück namens *Die Dame im Dorf* „das arrogante Fräulein aus der Stadt" verkörpern, was sie auch voller Hingabe tat. Obwohl es das war, was man von ihr verlangte, schien dieser Stempel auch noch nach den Proben und Aufführungen an ihr haften zu bleiben. Immer wenn sie sich im Dorf blicken ließ, wurde sie verstohlen bis argwöhnisch beäugt. *Hier brauche ich erst gar nicht Anzeige wegen Matteos Verhalten zu erstatten*, sagte sie sich.

Und wenn man vom Teufel sprach ... Matteo saß mit Christine am Küchentisch, als Leni nach einer Aufführung hundemüde, aber mit ihrer Performance glücklich nach Hause kam. Kaum entdeckte sie den Besucher, war ihre ausgelassene Stimmung wie weggeblasen und sie ging ohne ein Wort zu sagen entschieden in ihr Zimmer. Sie warf ein paar Dinge in einen Rucksack, tauschte die Jeansjacke gegen eine wärmere Jacke in Lederoptik und machte sich mit sausenden Ohren auf den Weg.

„Wo willst du hin?!", hörte sie noch ihre Mutter rufen, doch da hatte Leni bereits das Haus verlassen, das hinter ihr gleichgültig im Dämmerlicht verschwamm.

Mit dem Bus fuhr sie einige Dörfer weiter. Die einbrechende Dunkelheit trug nicht unbedingt dazu bei, dass sie sich besser fühlte. In einem ausgestorbenen Kaff quartierte sie sich – auf Anraten des Busfahrers, den sie in ihrer Hektik um Rat gefragt hatte – in einer Pension mit altbackener Ausstattung ein. Auch hier wurde sie erst einmal von der Chefin mit der biederen Frisur abtaxiert, bevor ein junges Mädchen sie auf ihr Zimmer geleitete. Dort mit sich allein, schaltete sie den Fernseher ein und versuchte, ihre Gedanken zu ordnen.

Die längste Zeit wälzte sie sich im Bett herum, schwitzte und bekam Kopfschmerzen. Irgendwann nahm die Erschöpfung überhand und sie driftete ab in einen leichten Schlaf, aus dem sie sogleich wieder hochschreckte. Der Fernse-

her lief noch. Es war nicht einmal ein unangenehmer Schreck gewesen, sondern eher so etwas wie ein Einfall. Was hatte der Sachwalter
oder Hausmeister bei ihrem Einzug gesagt? *Sie
wissen schon, dass Sie mich bei Problemen jeglicher Art kontaktieren können?* Leni knipste
das Licht an, um einen Blick auf die Uhr neben
dem Kleiderschrank zu werfen. Viertel vor
zwölf. Das war zu spät zum Anrufen. Aber
gleich morgen würde sie das erledigen!

„Guten Morgen Herr Lechner, ich hätte ein
Anliegen."
„Ja, sagen's nur!"
Wie selbstverständlich erzählte Leni: „Ich
habe damals, in der Stadt, jemanden kennen-
gelernt und jetzt habe ich keine Ruhe mehr vor
ihm. Er heißt Matteo. Irgendwie habe ich das
Gefühl, er nistet sich bei meiner Mutter ein.
Letztens ist er überraschend vorbeigekommen
und ich habe ihn weggeschickt. Gestern war er
wieder da, am Abend, als ich von einer Thea-
teraufführung nach Hause gekommen bin. Außerdem hatte ich ihm gar nicht unsere neue
Adresse mitgeteilt, aber er hat sie trotzdem
herausgefunden. Seit unserem Umzug hat er
mir ständig Nachrichten geschickt, auf die ich
nicht reagiert habe. Ich habe schon überlegt,
Anzeige gegen ihn zu erstatten, aber ich bin
mir ziemlich sicher, dass ich im Ort nicht
ernstgenommen werde, weil – ich weiß auch
nicht – weil ich das Gefühl habe, meine Mutter
und ich sind im Dorf nicht so gerne gesehen.

Wir waren ja auch in der Stadt Zugereiste, aber hier fällt es eben mehr auf."

„Passt schon, passt schon. Jetzt beruhigen's sich erst einmal und dann kümmere ich mich um Ihr Problem. Wo sind's denn überhaupt?"

„Ich bin in der Pension *Zum Schwarzen Hirschen.*"

„In der Pension *Zum Schwarzen Hirschen*", wiederholte der Sachwalter ganz ruhig. „Gut. Dann bleiben's am besten erst einmal dort. Ich melde mich bei Ihnen, sobald ich alles erledigt habe."

Leni atmete hörbar auf. „In Ordnung. Vielen Dank erst mal."

Nach dem Telefonat fühlte sie sich ein wenig leichter. Sie hatte gewusst, dass auf den Sachwalter Verlass war. Der würde das schon regeln, ja, das würde er.

Im Fernsehen lief gerade eine Kochsendung, als Herr Lechner zurückrief.

„Frau Kroell, ich habe das Problem behoben!"

„Wirklich! Oh, das ist super!" Leni hatte das Gefühl, als würde das zum Stillstand gekommene Blut wieder durch ihre Adern pulsieren.

„Ist er – ich meine – ist er …"

„Er ist weg."

„Vielen Dank! Was bekommen Sie dafür?"

„Ich bitte Sie! Des war Ehrensache!"

Nachdem das Gespräch beendet war, rief Leni gleich ihre Mutter an.

„Mama?"

„Leni, mein Schatz! Wo steckst du denn?"

„Ich bin in der Pension *Zum Schwarzen Hirschen.*" Leni war sich nicht sicher, ob sie den Sachwalter erwähnen sollte. Die Entscheidung wurde ihr sogleich abgenommen.

„Herr Lechner hat vorhin kurz vorbeigeschaut und meinte, du seist in dieser Pension. Aber ich habe mir trotzdem Sorgen um dich gemacht!"

„Und... Matteo?", fragte Leni vorsichtig.

„Der ist heute nicht gekommen, obwohl er das gestern angekündigt hat. Irgendwie habe ich das komische Gefühl, Herr Lechner hat etwas damit zu tun."

Leni räusperte sich. „Wie ... wie sah er denn aus, der Herr Lechner? Ich meine – hatte er saubere Arbeitskleidung an und so?"

„Ja, das schon! Da war alles wie immer. Du stellst vielleicht Fragen!"

„Hat er sonst irgendetwas gesagt?"

„Nein. Nur, dass er einmal nach dem Rechten sehen wolle. Er meinte, du hättest ihn angerufen, weil du dir Sorgen um mich gemacht hättest."

„Ja, das habe ich."

Christine schwieg einen Augenblick. Dann sagte sie zögerlich: „Ich weiß nicht – Matteo ist ein netter Kerl, aber vielleicht ist es wirklich besser, wenn er nicht mehr zu Besuch kommt. Mir ist vorhin wie Schuppen von den Augen gefallen, dass ich dich womöglich vergrault habe durch den Kontakt zu ihm."

Leni seufzte. „Ist ja noch mal gutgegangen."

Nun konnte Leni sich beruhigt auf den Heimweg machen. Alle Anspannung war von ihr abgefallen, sodass sie im Bus für ein paar Minuten einnickte.

Von der Haltestelle aus war es nicht mehr weit bis zum Haus. Ihre Mutter erwartete sie schon in der Eingangstür. Leni lief auf sie zu und sie fielen sich in die Arme, wie in einem kitschigen Sonntagsfilm. Den restlichen Tag verbrachten sie gemütlich mit Hefeteilchen vor dem Fernseher.

Alles wäre in Ordnung gewesen, hätte Christine nicht am nächsten Morgen wieder von den nächtlichen Stimmen im Haus angefangen.

„Mama, was soll ich dazu sagen? Für mich ist so etwas nicht normal!"

„Ja, das sagtest du bereits. Wahrscheinlich hätte ich das besser gar nicht erwähnt."

Leni schwieg. Ihre Mutter wirkte nicht ganz so frohen Mutes wie beim ersten Mal, als sie ihr von dem Phänomen erzählt hatte. Leni wartete ab.

„Du ... ich weiß nicht, wie ich das erklären soll ... aber irgendwie kam es mir letzte Nacht so vor, als hätte ich die Stimmen erkannt."

Leni blickte auf.

„Ich glaube, ich habe meine Schwester gehört. Und deinen Vater. Sie haben über uns geredet."

Nun fröstelte es Leni. Dabei versuchte sie sich klarzumachen, dass es sich bei der Quelle der Stimmen wohl kaum um Geister oder Ähnliches handeln konnte, da sowohl ihre Tante als auch ihr Vater noch am Leben waren. Befremdlich fand sie nach wie vor, dass ihre Mutter ihr von diesen Begebenheiten erzählte wie von einem mitgehörten Gespräch aus einem Café. Nahm dieser Alptraum denn nie ein Ende?

„Was haben sie denn über uns gesagt, Mama?"

„Dass es nicht gut ist, wenn wir in diesem Haus wohnen bleiben. Dass sie uns raten wollen, auszuziehen."

Da mögen die ominösen Stimmen womöglich Recht haben, dachte Leni bitter. *Seit wir hier wohnen, läuft doch nichts mehr, wie es soll.*

Ihre Mutter fuhr fort: „*Sag du es ihnen,* hat dein Vater gesagt, und meine Schwester hat erwidert: *Nein, sag du es ihnen. Auf dich hören sie eher.*"

„Meine Tante und Papa haben sich doch noch nie darum gekümmert, was wir machen. Aber – seltsam ist das Ganze ja sowieso."

Ihre Mutter blickte sie ratlos an.

Das war zweifelsohne alles mehr als sonderbar, aber Leni war fest entschlossen, keine Möglichkeit auszulassen, um diesem Spuk ein Ende zu bereiten. Bei einem Spaziergang kurz vor Einbruch der Dunkelheit wählte sie die Nummer des Sachwalters.

„Guten Abend, Frau Kroell! Wie kann ich dienen?"

„Es ist mir jetzt selber etwas unangenehm ..."

„Sagen's nur, sagen's nur!"

„Also, meine Mutter hat vorhin schon zum zweiten Mal behauptet, sie habe in der Nacht Stimmen im Haus gehört. Beim ersten Mal konnte sie sie nicht eindeutig zuordnen, aber in der gestrigen Nacht hat sie ihre Schwester sowie meinen Vater erkannt. Sie haben darüber geredet, dass wir aus dem Haus ausziehen sollten. Und sie wollten die Aufgabe, uns das beizubringen, dem jeweils anderen zuschieben."

„Gut, dass Sie mir des mitteilen! In dem Fall ist es in der Tat besser, wenn ich Ihnen ein anderes Haus organisiere!"

„Ich weiß gar nicht, wie ich das meiner Mutter erklären soll. Sie weiß nichts von unserem Telefonat und ich glaube, sie möchte trotz der Stimmen nicht schon wieder umziehen."

„Machen's sich keine Gedanken. Ich schau gleich mal bei Ihnen vorbei und werd' des dann schon richten."

Leni fiel ein Stein vom Herzen, als sie sich auf den Rückweg machte.

Sie und der Sachwalter trafen gleichzeitig am Haus ein. Sie öffnete die Tür, ließ Herrn Lechner eintreten und folgte ihm.

„Mama!", rief sie in Richtung Küche. „Herr Lechner möchte gerne etwas mit uns besprechen."

„Aber gerne!", antwortete ihre Mutter aus der Küche.

„Wissen Sie", sagte der Sachwalter. „Ich bin auf ein Haus gestoßen, ein wirklich supertolles!"

„Nun ja ... Wir fühlen uns hier eigentlich schon fast zuhause", wandte Christine ein.

„Des glaub' ich Ihnen ja, aber eine solche Chance bekommen Sie nie mehr wieder. Außerdem hab' ich herausgehört, dass Sie sich hier im Ort beide nicht richtig wohlfühlen. Und da könnt' ich Abhilfe schaffen. Ich hab' gesehen, Sie haben die meisten Kartons auch noch nicht ausgeräumt."

Christine überlegte und nickte dann langsam. „Ja, warum nicht ... Einen Versuch wäre es wert."

Schon am nächsten Vormittag – die Nacht war offenbar ruhig, ohne Stimmen verlaufen – fuhr der Umzugswagen vor. Der Sachwalter hatte alles in die Wege geleitet. Der war echt ein Unikum! Wer schaffte es schon, nach 19 Uhr für den nächsten Tag einen Umzug zu organisieren? Das neue Haus war im wahrsten Sinne des Wortes neuer als das vorherige. Leni und Christine lebten sich schnell ein und stellten fest, dass sie sich hier im Endeffekt sogar wohler fühlten als vorher. Die nächtlichen Stimmen blieben aus – zumindest erwähnte Christine nie mehr etwas Derartiges – und die gesamte Umgebung, die nicht ganz so dörflich war, schien viel freundlicher zu sein. Leni schloss sich bald dem hiesigen Theaterverein an und Christine fand einen ruhigen Bürojob. Von Zeit zu Zeit sprachen sie über die rätselhaften Vorkommnisse im anderen Haus.

„Es kommt mir manchmal so weit weg vor", pflegte Christine nachdenklich und in die Ferne blickend zu sagen. „Fast so, als wäre es nie geschehen, oder als wäre alles nur ein wirrer Traum gewesen."

„Du meinst wohl eher, ein *Alp*traum", musste Leni an dieser Stelle stets einwenden.

Matteo blieb verschwunden, was gut war.

Anstelle Herrn Lechners nahm jetzt, wenn Christine oder Leni seine Nummer wählten, allerdings immer ein anderer Mann ab. Der Herr Lechner habe sich aus dem Berufsleben zurückgezogen. Er habe ja lange genug gearbeitet und wolle nun mehr Zeit mit seiner Familie verbringen.

„Ich glaube, in unserer neuen Umgebung, können wir sowieso das meiste selbst bewältigen", meinte Christine und benannte damit einen der wenigen Punkte, in denen sie und ihre Tochter übereinstimmten.

Selfigitt

Die Sonne knallt Familie Böhm nur so auf die Schädel. Der Vater, Hans Jürgen, hat Schweißperlen auf der Stirn stehen. Die Mutter, Birgit, versucht, ihre helle, sonnenbrandgefährdete Haut so gut wie möglich unter der langen Flattertunika, dem Schlapphut und der großen Sonnenbrille zu verbergen und ist von der stehenden Luft schon total genervt. Der Kleine, Jonas, plärrt seit einer Stunde fast ununterbrochen. Die Mittlere, Sophie, kratzt ständig an ihren Mückenstichen rum und zetert: „Schaut mal, wie ich jetzt aussehe! So kann ich auf keinen Fall aufs Foto!"

„Jetzt passt der Rest vom Körper wenigstens zu deinem Gesicht", sagt der Große, Dennis, bezugnehmend auf ihre Akne.

„Jetzt nimm doch mal den Kleinen!", schreit Birgit gegen die kräftige Stimme des Babys an, dessen Gesichtsfarbe schon ins Dunkelrot-Violette nuanciert.

Hans Jürgen, der vorhin angekündigt hat, dass er ein schönes Familien-Selfie machen wolle, hört geflissentlich weg und öffnet anstatt der Kamera-App erst mal seinen Mailaccount – ohne die Absicht, auch nur eine von den zehn eingegangenen Nachrichten zu beantworten. Er ist noch so voll vom Mittagessen. Und diese Hitze ...

„Und, was ist jetzt mit dem Foto?", nörgelt Dennis, während er seine Füße im Sand vergräbt. „Wenn sich hier nichts tut, kann ich auch wieder mit dem Surfboard ins Meer."

„Nichts da, wir machen jetzt ein Foto", sagt sein Vater schleppend und macht keine Anstalten, sich vom Liegestuhl zu erheben.

„Hans Jürgen, ich glaube, er hat schon wieder die Windel voll", ruft Birgit mit dem zappelnden Jonas auf dem Arm. Ihre Stimme klingt vorwurfsvoll, so, als wäre Hans Jürgen für diese Tatsache verantwortlich.

„Kann sein", grummelt dieser, regungslos bis auf seinen müde über das Handydisplay streichenden Daumen. Er entdeckt eine Mail seiner Sekretärin Annemarie ...

„Ja, hier stinkt's echt voll nach Kacke", stellt Sophie fest, sich mit gequältem Gesichtsausdruck in der Spiegel-App ihres Smartphones begutachtend.

„Und ich dachte schon, das bist du", sagt Dennis in die Richtung seiner Schwester, welche einen Satz auf ihn zu macht und ansetzt, ihm einen gehörigen Tritt vor das Schienbein zu verpassen. Dabei stößt sie gegen das Klapptischchen mit der Sonnencremeflasche und dem alkoholfreien Cocktail ihrer Mutter. Letzterer landet im Gesicht des Kleinen, der gerade von Birgit auf ihrer Liege gewickelt wird, was zur Folge hat, dass er lauter brüllt denn je. Jedoch wird er an Lautstärke noch übertroffen, als Birgit loskeift: „Sagt mal, habt ihr sie noch alle!"

Alle Köpfe in Hörweite drehen sich mit dem Gesicht in Richtung Familie Böhm. Hans Jürgen juckt das nicht, denn er schickt als Antwort auf Annemaries Kuss-Emoji ebenfalls ein solches. Und noch die Aubergine hinterher. Da sieht er natürlich auch nicht, dass seine Frau einen guten Teil des Windelinhalts auf ihre weiße Tunika bekommen hat, weil der Kleine aufgrund der überraschenden Cocktailtaufe so gestrampelt hat. Erst als ihm ein etwas scharfer Geruch in die Nase steigt, blickt er auf und sieht in dem Moment die Tunika geschmeidig an Birgits Körper herabfließen. Fast bondgirlmäßig, wenn man einmal von dem Mief absieht, denkt er und fragt: „Neuer Bikini?"

Birgit, die den Bikini schon die letzten drei Jahre im Sommerurlaub getragen hat, antwortet nicht und steigt mit aufeinandergepressten Lippen aus der stinkenden, rings um ihre Füße drapierten Tunika.

„Jetzt machen wir aber das Foto", verkündet Hans Jürgen, noch immer mit Blick auf den Körper seiner Frau. Das Fitnessstudio hat sich doch bezahlt gemacht, denkt er. Die anderen werden vor Neid erblassen, wenn sie auf dem Foto sehen, was seine Frau für einen Körper hat ... „Stellt euch alle mal schön hier hin", instruiert er, mit der Hand eine unsichtbare Linie andeutend. Das Meer muss natürlich gut im Hintergrund sichtbar sein. Und so wenige Fremde wie möglich sollten mit drauf ...

„Wartet!", ruft Sophie. „Wenn Mama im Bikini ist, muss ich auch im Bikini sein", fügt sie mit leichter Panik in der Stimme hinzu und versucht, sich aus Gründen affektierter Scham mit einem Badetuch abzuschirmen, während sie darunter ihre Hotpants und das Croptop abstreift, was eine Ewigkeit dauert.

„Wenn *das* 'ne Bikinifigur ist ...", murmelt Dennis, als sie endlich so weit ist und publikumswirksam das Badetuch von sich wirft.

„Leck mich am Arsch!", giftet sie – allerdings etwas zu nah am Ohr des Kleinen, der wieder zu kreischen anfängt.

Birgit, die ihn mit stoischer Miene auf dem Arm hält, hat beschlossen, einfach nichts mehr zu sagen – egal was passiert. Sie wartet nur darauf, dass ihr das Trommelfell platzt und endlich Ruhe ist. Hans Jürgen fuchtelt noch mit dem Selfiestick rum, irgendwie will das Handy nicht einrasten. Immerhin räumt das dem Baby genug Zeit ein, sich wieder zu beruhigen und tatsächlich schafft Hans Jürgen es heute noch, die Vorrichtung für das perfekte Familien-Selfie zu montieren.

Die Familie begibt sich in Pose. Sophie gibt alles – Schlafzimmerblick, leicht geöffneter Mund, mit einer Hand durch das noch vom Meer feuchte Haar fahren ... Vielleicht wird sie ja als Model oder Schauspielerin entdeckt, wenn Papa das Foto postet. Dennis stützt sich betont lässig auf sein Surfboard. Hans Jürgen, der den Stick von sich weghält, grinst sein breitestes Siegergrinsen – ja, Leute, ich hab's geschafft! Sogar Birgit stellt sich leicht seitlich, den freien Arm leger in die Seite gestützt, und zeigt ihr hinreißendstes Lächeln, welches aufgrund der verspiegelten Gläser der Sonnenbrille, die ihre ernst bleibenden Augen verdecken, durchaus als echt durchgehen kann. Jonas sabbert rum, aber das sieht dann auf dem Foto eh niemand. Der Selbstauslöser läuft und es macht Klick! – Klick! – Bling! – und noch mal Klick! Das Bling haben – genau wie die drei Klicks – alle gehört *und* tatsächlich auch gesehen. Nämlich als SMS von Vaters Sekretärin am oberen Bildrand eingeblendet. „Bla, bla, bla" und Kussmund. Lesen konnte man außer dem fettgedruckten Namen nichts, aber den Kussmund haben alle bis auf das Baby eindeutig als solchen erkannt. Warum muss die blöde Kuh jetzt eine SMS schreiben, wo wir uns doch sonst immer per Mail austauschen, denkt Hans Jürgen, der allen Ernstes glaubt, es müsse an dieser SMS liegen, wenn seine Familie in die Brüche gehen sollte.

„Hab ich's doch gewusst", flüstert Birgit und entfernt sich mit dem Baby.

Dennis und Sophie tauschen einen Blick. Erstaunt wirken sie nicht gerade ... Hans Jürgen schaut, ob das Foto was geworden ist – was soll er jetzt auch sonst machen?

Birgit fliegt mit den Kindern gleich am nächsten Morgen nach Hause und beschließt während des Flugs, endlich die Scheidung einzureichen.

Sophie schreibt von zu Hause eine Whatsapp an ihren Vater: „Hi Papa, schickst du mir bitte das Foto von gestern?"

Nachdem Hans Jürgen den Auftrag erfüllt hat, zoomt sie sich so nah heran, wie es die Technik eben zulässt, ohne die Konturen unscharf werden zu lassen, und denkt, gar nicht so übel. Sie macht einen Screenshot ihres Gesichts, retuschiert mit der Bildbearbeitungs-App die Pickel weg und stellt das Porträt als neues Profilbild auf Instagram ein.

Dennis denkt gar nicht mehr an das Foto, sondern überlegt ernsthaft, ob er mit seiner Freundin zusammenziehen soll, wenn zu Hause doch immer nur Stunk ist – auch wenn die ihn leicht bis mittelschwer nervt.

Das Baby liegt in der Wiege und schläft ausnahmsweise. Hans Jürgen, auf der Kanareninsel, beobachtet die Reaktionen auf das Familien-Selfie, welches er inzwischen auf Facebook gepostet hat. „Glückspilz" und Zwinker-Smiley von seinem besten Kumpel kann er eindeutig als Bezugnahme auf seine Frau einordnen. „Heißes Eisen" fällt natürlich in die gleiche Kategorie. „Ihr seid wirklich *die* Traumfamilie" lautet der Kommentar einer früheren Schulkameradin. Wenn einem ein so tolles Foto gelingt, dann müssen wir doch eigentlich eine glückliche Familie sein, denkt er. Sicher, es gibt Probleme, aber in welcher Familie gibt es die nicht? Na ja, genau genommen funktioniert ja nichts mehr, aber Birgit wird sich doch wohl kaum von ihm scheiden lassen. Wo doch alle glauben, sie seien die intakte Familie, die das Foto zeigt?

Was Hans Jürgen unter der kanarischen Sonne eventuell noch ereilen wird, ist zum Beispiel die Reaktion von Annemarie, die, als sie das Foto sieht, sofort *Igitt!* denkt und spontan anfängt zu tippen: „Selfigitt". Vor dem Abschicken jedoch hält sie inne.

Birgit kann es sich, als sie beim Kofferauspacken eine Pause einlegt, doch nicht verkneifen, mal kurz das Facebook-Profil ihres Mannes aufzurufen. Da! Er hat das Foto gepostet. Es zeigt die Familie, die sie nie waren. Immerhin sehe ich da ganz passabel aus, denkt sie, als sie sich ranzoomt. Wie findet das wohl Annemarie, die Schlampe! Ich fresse doch einen Besen, wenn die nicht in Hans Jürgens Profil schaut – Moment mal! Da ist ja ein Kommentar von ihr – der da lautet: „Selfigitt!" Meine Güte … das ist ja … Das spricht Birgit ja gerade *so* aus der Seele! Sie kann gar nicht anders – was soll's, sie lässt sich sowieso von Hans Jürgen scheiden –, als Annemaries Kommentar zu zitieren und dazu einen „Daumen hoch" einzufügen.

Dank

Der größte Dank gebührt Dir, liebe Mama, weil Du immer hinter mir stehst und mich auf allen meinen Wegen unterstützt – egal, in welche Richtung sie führen.

Außerdem danke ich Dir, Senta, meine Fellnase, für Deine kuschelige, zuverlässige und aufmunternde Anwesenheit.

Ganz herzlich danke ich Ihnen, Oliver Behrens, für Ihr professionelles und wertschätzendes Lektorat meines Buches.

Einen weiteren lieben Dank möchte ich Dir, Petra, für Deine praktischen Hinweise zum Selfpublishing aussprechen.